ICE AGE 2
EL DESHIELO

LA NOVELIZACIÓN

EDICIONES
Gaviota

Título original: *Ice Age 2: The Movie Novel*
Traducción: Ignacio de Amoroto Salido

CAPÍTULO 1

EL CAMPAMENTO DE VERANO DE SID

El cálido sol brillaba sobre las empinadas y blancas laderas del glaciar, y las gotas de agua resbalaban por sus hermosas lenguas azules. Más abajo, en el valle, un bullicioso grupo de animales de corta edad chapoteaba alegremente en las pequeñas pozas. Cada verano, los animales se congregaban en este reluciente valle. Las laderas del glaciar y sus grietas eran los mejores toboganes de agua en muchos kilómetros a la redonda.

Situada bastante más arriba de la multitud y usando sus garras para aferrarse al hielo, una ardilla prehistórica de grandes ojos escalaba el glaciar. Se agarró con los dientes al borde del alero que tenía encima y se aupó hasta lo alto del glaciar para llegar hasta su premio, una mazorca que había enterrado meses antes. *¡Pop!* Sacó el fruto del hielo. Del agujero salió disparado un chorro de agua que le alcanzó en el ojo. El pequeño Scrat metió su dedo en el agujero para detener el flujo.

¡Crrrrrrrraaakkk! ¡Pop! Otro chorro surgió del glaciar. ¡Y luego otro más! ¿Qué había hecho? Scrat se esforzaba desesperadamente por detener las fugas. Intentó utilizar su mazorca como tapón, pero el agua salía lanzada hacia su boca y le infló como un globo de agua.

¡Pssssshhhh! La fuerza del agua le hizo salir disparado del glaciar como un cohete que sobrevoló las cabezas de los animales. Nadie pareció percatarse de la ardilla voladora, y menos aún Sid, el perezoso, con las garras ocupadas en intentar contener a los pequeñuelos que retozaban en la libertad del campamento de verano.

Dos revoltosos cachorros termiteros que se perseguían por la playa aplastaron bajo sus patas el castillo de arena de un pequeño castor. El castorcito se puso a llorar.

Sid se dio cuenta de que una de las perezosas más bonitas del valle miraba hacia donde él se encontraba. Intentando representar el papel de un verdadero vigilante se llevó el silbato a los labios y sopló.

—¡Nada de correr, James! —ordenó—. ¡Normas del campamento!

—¡Muérdeme, perezoso! —gritó James.

—¡Dirás muérdame, señor! —corrigió Sid, que miró de reojo hacia la bella perezosa—. Todo es cuestión de respeto —explicó.

Ella le dedicó un gesto despectivo mientras se alejaba.

Completamente descontrolado, Sid empezó a gritar órdenes.

—¡Jared, acabas de comer! ¡Espera una hora! Héctor, no, no, no. No puedes orinar ahí. Vale, ahí está bien. Ashley, deja de pegar a... ¡Nooooo!

Un puñado de pequeñuelos lo agarraron por la cola, y antes de que pudiera darse cuenta, estaba colgado de una rama boca abajo.

—¡Hurra! ¡Piñata! —gritaron los cachorros.

Alguien le golpeó con un gran palo.

—¡Ay! ¡Quietos! —gritó—. Se supone que debéis tener los ojos vendados.

—No estás en situación de dictar las reglas —dijo una resabida joven castor.

—¡Eh, me toca a mí golpear al perezoso! —gritó James.

—¡Me toca a mí! ¡Me toca a mí! —corearon los demás, y se peleaban entre ellos por ser el siguiente.

—¡Aaaaayyy! —gritó Sid mientras caía al suelo con un golpe sordo.

—Eh, no tenías caramelos dentro —se quejó la joven castor.

—¿Ni uno siquiera? —gimió Sid.

—¡Vamos a enterrarlo! —gritó un picopato.

—¡SÍ!

Algunos cachorros gliptodontes excavaron un agujero en el suelo, mientras los demás arrastraban a Sid hacia él.

¡Boing! ¡Boing! ¡Boing! Los cachorros empezaron a cubrir su cuerpo de tierra y saltaron sobre su cabeza.

—¡Ay! ¡Ay! ¡Ay! —gritó.

De repente, James tuvo otra idea.

—¡Hormigas de fuego!

—¡Sí!

Pero una voz atronadora interrumpió los gritos salvajes.

—¿Qué está pasando aquí?

Los cachorros pararon en seco.

—¿Y cómo podemos hacerlo más doloroso? —añadió una segunda voz más terrible aún.

Componiendo las caras más inocentes que podían, los cachorros miraron hacia las dos imponentes criaturas que acababan de llegar. Eran Manfred, el amigo mamut de Sid, y su fiero amigo dientes de sable, Diego.

—¡Manny! ¡Diego! —gritó Sid, aliviado—. ¡Mis malvados amigos mamíferos! ¿Queréis echar una mano al perezoso?

Manny usó su trompa de elefante para sacar a Sid del agujero.

—¡Mirad! —exclamó Sid mientras se sacudía la tierra de su pelaje verde—. He abierto mi campamento...

7

¡Sid's Camp! Mola, ¿verdad? Significa «Campamento de Sid».

—Enhorabuena —gruñó Diego—. Ahora eres un idiota en dos idiomas.

—No hables así ante los peques —susurró Sid—. Me adoran, ¿verdad, Billy?

—No me obligues a devorarte —contestó el pequeño rinoceronte.

—Estos pequeñuelos... —dijo Sid—. Eso es lo que son, pequeñuelos.

—Te lo dije, Sid. No estás capacitado para dirigir un campamento de verano —añadió Manny.

—¿Sí? ¿Desde cuándo hacen falta títulos para cuidar de los pequeños? —contestó Sid—. Además, éstos me adoran. Soy un modelo para ellos.

Mientras decía esto, dos pequeños castores ataron unas lianas alrededor de sus patas y lo derribaron

—Sí, ya lo veo —dijo Diego.

—Siempre pensáis que no puedo hacer nada. Soy uno más de esta manada. Así que ya podéis empezar a tratarme con respeto.

Sid se alejó con las patas todavía atadas.

Manny y Diego miraron por encima de sus hombros hacia los revoltosos pequeñuelos.

—Eh, vamos a jugar a pinchar la cola del mamut —gritó la joven castor.

—¡Sííííí!

¡Ay! Manny y Diego intercambiaron una mirada de preocupación.

—Sid, estábamos bromeando. ¡Vuelve! —gritaron.

Pero Sid ya estaba lejos, a medio camino del parque acuático. Había conseguido librarse de las lianas y se dirigía osadamente hacia el tobogán más alto, resbaladizo y traicionero del valle.

Cuando Sid se preparaba para el empinado ascenso del glaciar, Manny y Diego habían conseguido establecer cierto orden en el campamento de verano.

Manny decidió contar a los pequeños una historia sobre un pequeño burro y su mamá. Todos escuchaban con atención.

—Y así, al final, el borriquillo se reunió con su mami. Y vivieron felices para siempre —terminó.

Los pequeños gritaron y aplaudieron.

Diego dirigió un gesto de aprobación a Manny.

Pero el orden no duró demasiado. Los cachorros empezaron a revolverse y a levantar las manos para hacer preguntas.

—¿Por qué se va a casa el burro? ¿Por qué no se queda con los conejos? —preguntó uno de los castorcillos.

—Porque quería estar con su familia —contestó Manny.

—Creo que debería irse con la borriquilla. Esa historia de amor es mejor —declaró un pájaro.

—Vale, pues cuenta tú tu historia del burro si quieres —aceptó Manny.

—Burro es un nombre despectivo —dijo Óscar, el gliptodonte—. Técnicamente se llama «asno salvaje».

—¡Sí!

—Está bien —declaró Manny—. El joven asno salvaje volvió a casa con su mamá asna salvaje.

Los niños se partieron de risa.

Manny gruñó.

—¡Por eso lo llamé burro!

—¿Podría tener el burro problemas de digestión? —preguntó un joven rinoceronte—. Eso lo haría más interesante.

—Qué aburrido —comentó uno de los cerdos hormigueros.

—No lo entiendo —gimió el picopato.

—No es creíble —declaró un joven castor.

—¿Devoran los burros a sus crías? —preguntó Billy.

—No es un final feliz —se quejó una hembra castor.

—A veces vomito —declaró uno de improviso.

Manny empezaba a perder la paciencia.

—¡Y vivieron felices para siempre! —gritó—. ¿Qué otro final puede ser más feliz que ése? ¡Una gran familia feliz! Así es como deben ser las cosas.

La joven pajarita meneó la cabeza y le miró fijamente.

—¿Entonces, dónde está tu gran familia feliz?

La pregunta golpeó a Manny como una tonelada de ladrillos. Se quedó sin habla, perdido en sus propios y tristes pensamientos.

—¡Entonces el hambriento tigre devoró a los pelmazos pequeñuelos! —rugió Diego, que acudió al rescate de Manny.

Hizo ademán de abalanzarse sobre los pequeños, y ellos salieron corriendo.

—¿Estás bien, compañero? —preguntó cuando se hubieron marchado.

El gran mamut se encogió de hombros.

—Claro, ¿por qué no?

—Pensé que tú...

—Se acabó la historia. ¡Fin! —exclamó Manny, y se volvió para alejarse.

CAPÍTULO 2

EL FIN DEL MUNDO

Lo único que Manny quería era un poco de tiempo en soledad para pensar, pero él y Diego se vieron pronto distraídos por un extraño y sordo estruendo lejano. Antes de que pudieran darse cuenta, cientos de animales recogían sus cosas, presos del pánico, y salían disparados del parque acuático.

—¿Adónde va todo el mundo? —preguntó Diego.

—¡El mundo se acaba! —gritó un tapir mientras corría.

—¿De qué estás hablando? —preguntó Manny.

—¡Tony el Rápido dice que el mundo va a inundarse!

Tony el Rápido era un taimado armadillo que hablaba muy deprisa. Manny y Diego lo encontraron haciendo una demostración para vender ante un grupo de animales. A sus pies había un montón de cañas inútiles.

—Amigos, tengo en mi mano un aparato tan poderoso que puede arrancar el aire del cielo —declaró, y levantó una de las delgadas cañas huecas.

Una extraña hembra escuchaba atentamente.

—¿Tiene usted branquias? —le preguntó Tony el Rápido.

Ella negó con la cabeza.

—Entonces no puede respirar bajo el agua.

—Pues no.

—¡Ajá! Permita entonces que mi asistente le haga una demostración.

Tony el Rápido entregó la caña a su ayudante, un gliptodonte bobo llamado Stu, que se introdujo el aparato en la nariz.

—¡Eh! ¡Puedo oler el mar! —declaró.

Tony el Rápido le arrebató la caña con un gesto de contrariedad.

—¿Qué haces? ¡Ahora no puedo venderla! —gritó—. ¡Se aspira el aire por la boca, idiota!

Metió la caña en la boca de Stu y hundió su cabeza en un charco.

Tony el Rápido se volvió hacia el público y continuó con su demostración.

—Su cuidado diseño y su robusta construcción garantizan que tendréis gran cantidad de aire durante los eones venideros...

Manny se acercó, levantó al taimado armadillo con su trompa y lo lanzó por los aires.

—¡Eh! —gritó Tony el Rápido.

—¿Por qué asustas a todos con esa historia del fin del mundo? —preguntó Manny.

Tony el Rápido dirigió una tímida sonrisa al público, luego hizo una mueca a Manny y susurró:

—Intento ganarme la vida, amigo.

Se hizo una bola y rebotó en el suelo.

—Todo forma parte de mi previsión del tiempo. El pronóstico para los próximos cinco días incluye intensas lluvias seguidas por el fin del mundo..., con una ligera probabilidad de claros de sol hacia el final de la semana.

Los animales se iban alarmando por momentos.

—No le hagáis caso —les dijo Manny—. Tony el Rápido sería capaz de vender a su propia madre por una uva.

—¿Me estás haciendo una oferta? Quiero decir... ¡No, no lo haría! —gritó Tony el Rápido, y simuló indignación.

—¿No os habéis enterado? ¡El hielo se está fundiendo! —gritó un padre tapir.

—¿Veis este suelo? —dijo Manny—. Está cubierto de hielo. Hace mil años estaba cubierto de hielo. Y dentro de mil años seguirá cubierto de hielo.

Uno cerdo hormiguero padre se puso en pie.

—Oye, compañero, no es que quiera exasperar tu instinto de supervivencia ni nada parecido, ¿pero no estáis prácticamente extinguidos los mamuts?

—¿De qué hablas? —preguntó Manny.

—Digo que tú eres el último de tu especie —replicó.

—Bah, tu aliento huele a hormigas —dijo Manny despectivamente.

El cerdo hormiguero se metió la trompa en la boca hasta los carrillos y se puso rojo de vergüenza. Realmente su aliento olía a hormigas.

—Tal vez sea así —respondió cuando recuperó su dignidad—. ¿Cuándo fue la última vez que viste otro mamut?

—No le hagas caso —dijo Diego.

—Los mamuts no pueden extinguirse —aseguró Manny—. Son los seres más grandes de la Tierra.

—¿Y qué hay de los dinosaurios? —preguntó una madre castor.

—Los dinosaurios se pusieron chulos —gruño Manny—. Se hicieron enemigos.

De pronto un pequeño mamífero de aspecto extraño señaló a lo alto del glaciar y gritó:

—¡Mirad, un idiota se quiere tirar por el Eviscerator!

Todo el mundo miró hacia el glaciar, excepto Manny.

—Por favor, dime que no es nuestro idiota —gimió a Diego.

En lo alto del brillante glaciar, una familiar criatura peluda saludaba moviendo los brazos mientras gritaba:

—¡Saltaré a la de tres! Uno..., dos...

—¡SID! ¡NO MUEVAS NI UN MÚSCULO! ¡VAMOS A SUBIR! —gritó Manny.

—¡Salta! ¡Salta! ¡Salta! —coreó la maliciosa multitud.

—Salta. Salta —murmuró Diego.

Manny le fulminó con la mirada.

—Lo siento —dijo suavemente.

Cuando Manny y Diego alcanzaron la cumbre, Sid estaba sentado, petrificado, y seguía contando:

—...dos y tres mil, dos y cuatro mil...

—¡Sid! ¿Qué estás haciendo? ¡Baja de ahí! —gritó Manny.

—¡De eso nada! —exclamó Sid—. Seré el primero en saltar por el Eviscerator. Entonces tendréis que empezar a tratarme con más respeto.

Si saltas desde ahí, el único respeto que tendrás será el respeto por los muertos —le advirtió Manny.

—Vamos —dijo Diego—. No es tan estúpido.

Sid se puso en posición de lanzamiento.

—Aunque me he equivocado otras veces —añadió Diego.

—¡Jerónimo! —gritó Sid mientras se lanzaba desde el borde.

Manny se asomó sobre el helado precipicio y con su trompa atrapó a Sid en pleno vuelo. Desequilibrado por la captura, Manny se tambaleó y cayó de espaldas sobre Diego, y le hizo resbalar por una húmeda placa de hielo. Entonces Manny cayó de cabeza..., justo encima de Sid.

—No... puedo... respirar —gimió Sid, que sacaba la cabeza de debajo de corpachón de Manny—. Creo que he expulsado el bazo.

Al ponerse en pie se dieron cuenta de que habían caído sobre un gran lago helado. El hielo era muy fino. Diego intentaba regresar junto a ellos cuando empezaron a formarse grietas alrededor de sus patas cada vez que daba un paso. Se podían ver las burbujas moviéndose justo debajo de la superficie.

—¿Eh? —gritó.

¡El hielo estaba cediendo! Hizo un esfuerzo desesperado por ponerse a salvo. Mientras una última grieta crujía y se abría tras él, saltó sobre Manny y se agarró a la trompa del mamut como si fuera el tronco de un árbol.

—Diego —gimió Manny—. ¡Guarda... las... garras!

Diego cayó al suelo todavía respirando agitadamente.

—Es cierto..., perdona.

—Si no te conociera, Diego, diría que te da miedo el agua —se burló Sid.

Diego agarró al perezoso por la garganta y le dirigió una mirada amenazadora.

—De acuerdo. Menos mal que te conozco bien —graznó Sid.

Sid se acercó hacia Manny. El mamut estaba contemplando la superficie de hielo con aire estupefacto. ¡Todo el lago había empezado a fundirse! ¡Y el glaciar en que se encontraban era lo único que sujetaba toda esa agua!

Los tres amigos se dieron la vuelta y miraron hacia su valle. Todos los grandes glaciares que rodeaban el valle tenían lagos detrás de ellos, igual que éste.

—Tony el Rápido tenía razón —dijo Manny—. Esto se está fundiendo. Todo quedará inundado.

Miró hacia los pequeños que volvían a jugar en el parque acuático de abajo.

—Vamos, tenemos que advertirlos.

—Tal vez podríamos evolucionar rápidamente para convertirnos en criaturas acuáticas —sugirió Sid.

—Una idea genial, Sid —dijo Diego.

—Llámame «Calamar».

Mientras cruzaban un estrecho puente de hielo, Sid rompió un fragmento con facilidad.

—Vaya, esto está hecho un asco. No puedo creer que viva aquí.

¡Crrraaaaackkk! ¡El hielo comenzó a derrumbarse!

Diego y Manny dirigieron una mirada acusadora a Sid.

—¿Qué?

Antes de que pudieran responder, todo el saliente de hielo se derrumbó bajo su peso y salieron despedidos por el temido Eviscerator.

Mientras los mamíferos descendían vertiginosamente por la garganta, Tony el Rápido continuaba la charla para promocionar su producto.

—Olvídense de las cañas. ¡Esa es una moda antigua de hace casi cinco minutos! Les presento este revolucionario invento al que hemos llamado «rama». ¡Es tan sofisticado que incluso flota! —gritó.

Manny, Sid y Diego patinaron sobre la superficie de una charca como piedras lanzadas, y chocaron... *¡Bum! ¡Zas! ¡Bang!*... contra el podio de Tony el Rápido.

Éste se hizo una bola para protegerse.

—¿Lo veis? —exclamó, y deshizo su forma de bola después del peligro—. ¡A eso me refería! ¡Gigantescas bolas de lava peluda cayendo desde el cielo!

—¡Venga ya, vete a soplar cañas! —gritó un viejo castor gruñón.

—¡Eh, Tony el Rápido! —le provocó el tapir—. Han llamado las serpientes. Quieren que les devuelvas su aceite.

¡Ya nadie creía a Tony el Rápido. Manny lamentó haber convencido a los animales de que no había nada que temer.

—¡Tenéis que escucharle! —gritó—. Tiene razón en lo de la inundación.

—¿La tengo? Quiero decir... Sí. La tengo —declaró Tony el Rápido.

—Un momento. Dijiste que no iba a producirse ninguna inundación. ¿Por qué tenemos que hacerte caso ahora? —preguntó un alce, escéptico.

—¡Porque hemos visto lo que hay allí arriba! —gritó Manny—. ¡Los diques van a romperse! ¡Todo el valle se inundará!

Los animales se rieron de él.

—La inundación ocurrirá. Y será pronto —dijo una voz desde lo alto.

La multitud miró a su alrededor para ver de dónde procedía la voz. Era la de un buitre posado sobre la rama de un árbol.

—Mirad a vuestro alrededor. Estáis en un cuenco. Este cuenco se va a llenar rápidamente. No hay salida.

Los animales comenzaron a agitarse. Se oían murmullos mientras se miraban con el temor reflejado en sus ojos. El buitre los interrumpió con su tono seguro.

—A no ser que logréis llegar al final del valle. Allí hay un barco. Puede salvaros. Y es real, lo he visto yo mismo —añadió el buitre.

La multitud respiró aliviada y se relajó. Un cerdo hormiguero se sentó sobre un tronco.

—Pero tenéis que daros prisa —continuó el buitre—. El valle se está convirtiendo en una bestia salvaje. El suelo se fundirá, las paredes se derrumbarán, las rocas caerán. Antes de tres días... *¡BUUUM!*

Los animales contuvieron el aliento.

—Sin embargo, hay una buena noticia.

Los animales miraron hacia el buitre, esperanzados.

—Cuantos más muráis, mejor comeré yo.

Los animales temblaron de miedo.

—No he dicho que fuera una buena noticia para vosotros —puntualizó el buitre mientras extendía sus grandes y feas alas y alzaba el vuelo.

—Vaya, tiene que ser un placer tenerlo en tu clase —dijo Sid sarcásticamente.

—Vale, ya habéis oído al temible buitre. ¡Salgamos de aquí! —ordenó Manny.

CAPÍTULO 3

¡REPTILES ACUÁTICOS!

Justo cuando el buitre desaparecía tras el horizonte, una enorme sección del glaciar se desprendió y descendió rodando con estruendo hasta el parque acuático. Los animales huyeron despavoridos.

El gigantesco fragmento de hielo cayó sobre una profunda poza. A Manny le pareció ver algo extraño en su interior. Pero el hielo no era del todo transparente, y Diego le metía prisa para irse.

—¡Vámonos, Manny! —gritó.

Los tres amigos se dirigieron hacia el final del valle detrás del resto de los animales. Ninguno de ellos vio las grandes y misteriosas formas que se descongelaban lentamente y volvían a la vida. La manada de animales en fuga se encontraba demasiado ocupada, se empujaban unos a otros en el estrecho pasaje que conducía hacia la salida del parque.

Dos viejos buitres sobrevolaban por encima, como pilotos de helicópteros realizando el informe nocturno de tráfico.

—Tenemos un gliptodonte volcado en el carril derecho. El tráfico está retenido hasta donde alcanza la vista.

—Parece que hay víctimas —gritó el otro.

—Mmmmm.... Me pido la carne oscura —graznó el primero.

Olvidando por completo el informe, se lanzaron en picado hacia el festín.

Los animales huían enloquecidos de la inundación prevista y de los buitres que acechaban.

—¡Venga! ¡Vámonos! Vamos, vamos, vamos —piaba una madre pájaro para que los pequeñuelos se metieran en el nido.

Una vez que hubieron entrado, recogió el nido y salió corriendo.

Cerca de allí, una familia de topos intentaba que el viejo abuelo saliera del agujero. Lo agarraron por la cola y tiraron.

—¡Vamos, abuelo! ¡Tenemos que irnos! —gritaron.

—¡Pues no pienso irme! —dijo el abuelo—. ¡Nací en este agujero y moriré en este agujero!

Una familia de escarabajos peloteros cruzó corriendo, cada uno empujando una bola de excrementos varias veces mayor que él.

—¿Tenemos que llevar esta basura? —se quejaba el padre—. Estoy seguro de que habrá más basura en el sitio adonde vamos.

—Esto me lo regaló mi madre —gritó la madre escarabajo.

Manny sacudió la cabeza con preocupación. Intentaba que la migración fluyera rápidamente.

—¡Seguid marchando! —ordenó.

Sid se acercó con la boca llena de fresas y farfulló:

—Manny, me acabo de enterar de que vas a extinguirte.

—No voy a extinguirme —replicó Manny.

—Oh..., bueno, si te extingues, ¿te importa cederme tu puesto en la cadena alimentaria? —preguntó, mientras la piel verde que rodeaba su boca se volvía roja por el zumo de las fresas.

—¡Oye! Si alguna vez llegas a dominar la higiene, prueba a mejorar tu sensibilidad —le regañó Diego.

—¿Qué parte de «no voy a extinguirme» no entiendes? —preguntó Manny.

—La del «no» —dijo Sid—. Creo que sí te ocurrirá.

—¡Te he dicho que no voy a extinguirme! —gritó Manny.

—¡Chicos! ¡Mirad! ¡El último mamut! —exclamó el cerdo hormiguero padre—. Probablemente no volveréis a ver uno de éstos.

—¡Oooooh! —gritaron los hijos apesadumbrados.

Sid señaló hacia ellos para dar fuerza a su argumento.

—¿Lo ves? —dijo a Manny.

El cerdo hormiguero padre miró hacia sus hijos con ternura, y luego volvió a mirar. ¡Faltaba algo! Empezó a contar cabezas.

—¿Dónde está James? —gritó.

¡James seguía junto a la poza donde había caído el enorme fragmento de hielo! Se había agachado a beber agua cuando una cara terrible emergió del agua justo delante de él. Era el bobo de Stu, que se había escondido bajo el agua con su caña.

James gritó y salió corriendo para reunirse con su familia.

Stu se rió y volvió a desaparecer bajo el agua. Dos enormes reptiles de dientes afilados se desplazaron silenciosamente en el agua por debajo de él. Ninguno de los otros animales se dio cuenta cuando la caña de Stu se hundió de golpe bajo la superficie.

Tony el Rápido apareció buscando a su ayudante.

—¿Stu? ¡¿Dónde estás?! —gritó.

¡Pfuaf! Uno de los monstruos con escamas escupió, fuera del agua, el caparazón vacío del gliptodonte Stu. Cayó boca abajo a los pies de Tony el Rápido, y giraba como una lata.

—¡AAAAAHHH! ¡STU! —gritó Tony el Rápido.

Recogió la concha y se enjugó una lágrima.

Entonces comprendió el valor potencial de la concha, y su cara se iluminó.

—Amigos, sean los primeros del valle en poseer su propia casa móvil.

Comenzó a ensayar su nueva promoción de ventas mientras corría para reunirse con los demás.

CAPÍTULO 4

LA FAMILIA ZARIGÜEYA

Alrededor del valle los diques de hielo se iban debilitando. El parque acuático ya estaba sumergido, y por todo el valle el terreno se iba embarrando y reblandeciendo. Los animales continuaban avanzando hacia el artefacto flotante, e intentaban no caer en los pozos o bajo las rocas.

Manny, Sid y Diego seguían atrás, y Sid quiso animarles entonando una melodía con su suave voz de perezoso.

—«Algún día..., cuando os hayáis extinguido..., cuando oláis a podrido...»

—Cierra la boca, Sid —gruñó Manny.

—Está bien —dijo Sid, y cambió a algo más animado—. «Un momento, qué ruido se ha escuchado? Todo mamut está enterrado...»

—¡Deja de cantar, Sid! —gritó Manny.

Sid seguía provocándole.

—«¿Dónde han ido todos los mamuts?» —cantó.

Manny le dirigió una mirada iracunda.

—¡Sid! ¡Como vuelva a caerme encima de ti, creo que esta vez te mataré!

—Vale. Creo que a alguien no le gustan los clásicos.

Manny se detuvo y contempló los múltiples reflejos de su cara en los carámbanos que goteaban en la rama de un árbol.

—¿Y si tienes razón? —preguntó a Sid—. ¿Y si soy el último mamut?

—Nos tienes a nosotros, grandullón —dijo Sid.

—No creo que sea un argumento muy convincente —añadió Diego.

De pronto, Manny enderezó las orejas. ¿Podía ser? ¿Qué era ese trompeteo familiar que oía a lo lejos?

Diego lo oyó también.

—¿Mamuts?

—¡Sabía que no podía ser el último! —gritó Manny alegremente—. Lo sentía.

Agarró a Sid, lo subió a su espalda y salió disparado por el bosque con Diego galopando detrás.

—¡Eh! ¡Cuidado! Te vas a hacer...

Sid se agachó para evitar chocar contra unas ramas bajas.

—¡¿Extinto?! —gritaba Manny, y aplastaba arbustos y pequeños árboles a su paso.

Sid se aplastó contra el lomo de Manny como un jinete en el último tramo de una carrera.

—Y está saliendo de la curva —dijo—. Va medio cuerpo por delante del segundo caballo. Y ahora le saca un colmillo de ventaja. Y Diego va quedando atrás a medida que salen de la curva y... ¡Aaaaaah!

Manny se detuvo en seco y Sid salió despedido por el aire como lanzado por una catapulta. Aterrizó de cara y resbaló por el barro.

—¡Ay, ay, ay! —gritó.

La trompeta volvió a sonar a unos pocos centímetros

de su cara. Alzó la mirada y se encontró con un primer plano del trasero de un oso. Era Cholly, el chalicotherium, en pleno ataque de aerofagia.

—Lo siento, mi estómago me odia —dijo Cholly tímidamente.

La trompeta volvió a sonar.

Diego tosió y escupió, asqueado.

—¡Eh! Bueno, eso puede hacer que se extinga la mofeta —apuntó Sid—. ¡Qué mal huele!

Manny se dio la vuelta entristecido, su última esperanza había desaparecido.

—¿Manny? —dijo Sid con preocupación.

—Necesito estar un rato solo —respondió Manny con voz lúgubre—. Seguid adelante. Os alcanzaré.

A Sid y Diego les afectaba ver a su amigo sufriendo.

—Es cierto. Uno es el número más solitario —dijo Sid con un suspiro.

Mientras se alejaba con Diego, una lluvia de piedras comenzó a caer sobre ellos.

—¡Ay, ay, ay! —gritaron mientras se agachaban e intentaban evitarlas.

Diego miró por encima del hombro y vio a dos zarigüeyas, Eddie y Crash, colgadas por las colas de una rama. Cada una tenía una de las lianas secas de Tony y la empleaba como onda.

—¡Toma! —gritó Diego.

—¡Funcionan genial! —dijo Crash, riéndose.

¡Zas! Volvió a alcanzar al gran dientes de sable.

—¡Mola! —exclamó Eddie.

Diego rugió y saltó hacia ellos.

Los hermanos zarigüeyas saltaron del árbol y se introdujeron en una madriguera cercana.

—¡Cobarde, gallina, capitán de las sardinas! —canturreaba Eddie.

—¡Ahora veréis! —gritó Sid, y se lanzó de cabeza al agujero.

Crash se asomó por un agujero cercano, estudió el trasero de Sid y preguntó:

—¿Dónde estoy?

—Yo también sé hacerlo —dijo Eddie.

Se metió y sacó la cabeza por la salida de la madriguera.

Sid se lanzó tras Eddie. ¡Demasiado tarde! Eddie volvió a desaparecer y se asomó por otro agujero.

Crash salió por una nueva abertura.

—¡Eh, tío feo! —dijo, provocando.

Sid había metido la cabeza en el hoyo buscando a Eddie, y su trasero volvía a estar de nuevo al aire. ¡La diana perfecta! Crash disparó otra piedra.

—¡Ay! ¡Que me tengo que sentar sobre eso! —gritó Sid, y se lanzó sobre el tirador.

Las dos zarigüeyas desaparecieron y salieron por otros agujeros. Apuntaron y empezaron acosar de nuevo a Sid con piedras.

Diego se acercó sigilosamente hasta situarse detrás de ellos y dijo: «*¡BUUU!*»

—¡AAAAAHH! —gritaron las zarigüeyas, le dispararon rápidamente y desaparecieron de nuevo bajo tierra.

—Se acabó. Voy a por ellos —dijo Sid, rechinando los dientes.

Pero antes de que pudiera llegar al agujero, las zarigüeyas extendieron sus colas y las ataron. Sid tropezó con ellas y cayó sobre Diego.

Las zarigüeyas corrían de un lado a otro perseguidas de cerca por el perezoso y el dientes de sable.

De pronto, se oyó a Crash gritando:

—¡Aquí!

Los dos amigos se lanzaron sobre él y chocaron cabeza contra cabeza, mientras la escurridiza zarigüeya volvía a desaparecer por el agujero.

—¡Ay! —exclamó Sid, frontándose la nariz.

Diego dejó escapar un suspiro de frustración.

—¿Os rendís? —preguntó Crash.

—¡Nunca! —gritaron Sid y Diego.

Se produjo una larga pausa mientras Crash y Eddie permanecían ocultos bajo tierra. Sid y Diego se miraron el uno al otro, y se preguntaron si el juego había terminado. De pronto, las zarigüeyas salieron de sus escondites y dispararon una lluvia de guijarros mientras daban volteretas como gimnastas.

Sid y Diego se lanzaron tras ellos, pero las dos zarigüeyas se pusieron fuera de su alcance y subieron corriendo una colina cercana mientras se reían.

Diego y Sid cayeron agotados al suelo.

—Si alguien pregunta, eran cincuenta. Y eran serpientes de cascabel —refunfuñó Diego.

—¡Aquí, minino! —gritó Eddie, provocándole.

—¡Os estáis equivocando, bellacos! —rugió Diego.

—¿Bellacos? —se burló Crash.

—Son zarigüeyas, Diego —corrigió Sid.

Diego suspiró.

Desde su refugio en lo alto de la colina, Crash y Eddie comenzaron a mofarse de ellos cacareando como gallinas.

—*¡Rrrrrrr!*

El dientes de sable se lanzó tras ellos, seguido de lejos por el lento perezoso.

Completamente inconsciente del juego «perseguir a la zarigüeya», que se estaba desarrollando en el prado, Manny seguía entristecido junto a la orilla del río, y contemplaba el agua.

—Supongo que sólo quedamos tú y yo —dijo a su imagen reflejada.

En su ensoñación podía ver los rostros de la esposa y el hijo que había perdido.

Pero estos tristes recuerdos fueron interrumpidos por el crujido de una gran rama en el árbol que había a su lado. De pronto, una figura enorme cayó, y se detuvo justo antes de llegar al suelo. Allí, delante de sus ojos, había una mamut balanceándose arriba y abajo, como si estuviera colgada de una cuerda elástica.

—¡Ah! —exclamó Manny, asombrado por la repentina aparición.

—¡Ay! —gritó la mamut, mientras su rama cedía y se precipitaba al suelo.

—¡Lo sabía! —gritó Manny—. Sabía que no era el único.

—Yo también —dijo la mamut—. Todo el mundo se cae de un árbol de cuando en cuando. Lo que pasa es que no lo admiten.

—Un momento, ¿qué dices? —preguntó Manny.

—A algunos de nosotros nos cuesta aferrarnos a las ramas. No somos como los murciélagos. No tenemos alas para mantenernos.

Manny miró a la mamut, más perplejo que antes.

—¿Y estabas en un árbol porque..?

—Oh, estaba buscando a mis hermanos —dijo ella—. Siempre se están metiendo en líos.

—¿Hermanos? —exclamó Manny—. ¿Quieres decir que hay más?

—Pues claro. Somos muchos —dijo ella.

—¿Dónde están? —preguntó Manny.

—Pues no sé..., por todas partes. Bajo las piedras, en agujeros del suelo... Normalmente salimos de noche para que los pájaros no se nos lleven volando.

Manny se preguntaba de qué podría estar hablando, cuando de pronto sus «hermanos» salieron disparados de los arbustos gritando:

—¡Socorro! ¡Ellie! ¡Ayuda!

Se agazaparon detrás de ella.

Diego y Sid salieron también de los arbustos persiguiéndoles de cerca. Cuando vieron a Manny cara a cara con Ellie se detuvieron en seco.

—Bueno, ¡que me afeiten y que me llamen topo! —exclamó Sid—. Has encontrado otro mamut.

—¿Dónde? —preguntó Ellie—. Creía que los mamuts se habían extinguido.

Miró a su alrededor con ansiedad, hasta que se dio cuenta de que todos la estaban mirando.

—¿Por qué me miráis?

—¿A lo mejor porque eres una mamut? —preguntó Manny.

—¿Yo? No seas ridículo. No soy una mamut. Soy una zarigüeya.

Manny, Sid y Diego se le quedaron mirando, estupefactos.

—Ya. Claro —dijo Manny—. Y yo soy un tritón. Y ése es mi amigo, el castor —dijo, y señaló hacia Diego—. Y ése, mi otro amigo, el buitre —añadió, e indicó a Sid.

—Te estás burlando de mí —respondió Ellie, apesadumbrada.

—No, no..., bueno, sí —dijo Manny—. Pero creía que estabas bromeando.

Crash se acercó hasta ellos y adoptó su pose más dura de tirador de piedras.

—¿Te están molestando estos tipos, hermanita?

—¡¿*Hermanita?!* —exclamó Manny.

—Eso es. Éstos son mis hermanos —afirmó Ellie.

Señaló hacia Crash y dijo «zarigüeya», luego a Eddie y dijo «zarigüeya», después se señaló ella y dijo «zarigüeya».

Manny se agachó y susurró a Sid:

—No creo que su árbol genealógico vaya directo hasta la rama principal.

—Manny, cuando uno está al borde de la extinción no se puede poner exigente —afirmó Sid—. ¡Eh, deberías venir con nosotros! —exclamó con una sonrisa.

—¿Estás loco? —dijo Manny—. De eso nada.

—Está bien —respondió Sid, y se volvió hacia Ellie—. Manny quiere que te pregunte si te gustaría escapar de la inundación con nosotros.

—¿Qué..? —dijo Manny, confundido.

Pero los hermanos zarigüeyas no querían nada con Sid y sus amigos.

—Dejadme un momento que hable con mis hermanos —pidió Ellie con tono solemne.

Se los llevó a un lado.

—Mirad. No conseguiremos salir a tiempo si sólo

viajamos de noche. Estos tipos pueden protegernos cuando estemos al descubierto.

—Preferiría ser aplastado —dijo Crash.

—Yo preferiría que me salieran pelos en la cola —añadió Eddie.

Mientras tanto, Manny discutía con Sid y Diego.

—¿Por qué los has invitado? —preguntó Manny, irritado.

—Porque tal vez seáis los dos únicos mamuts que quedan sobre la Tierra —dijo Sid.

—Tiene razón —añadió Diego—. Tal vez sea tu última oportunidad de tener una familia.

—Disculpa, ¿cuándo he contratado un servicio de compañía? —preguntó Manny.

Ellie volvió con Crash y Eddie detrás, que venían refunfuñando. Se dirigió a Manny y sus amigos con aire arrogante.

—Mis hermanos y yo estaremos encantados de ir con vosotros.

—Si nos tratáis bien —puntualizó Crash, y le hizo una mueca a Diego.

Diego se inclinó amenazadoramente hacia Crash, y le enseñó los dientes.

—Eso —tartamudeó Crash— es precisamente lo contrario de tratarnos bien.

—Tal vez deberíamos tomar un pequeño aperitivo antes de ponernos en camino —comentó Diego socarronamente.

—¿Quieres probarnos? —preguntó Eddie—. ¡Adelante, Crash!

Las dos zarigüeyas saltaron sobre Diego y Sid, y los cuatro se convirtieron en una bola caótica de arañazos, mordeduras y patadas.

Crash se detuvo un momento y levantó su cabeza del ovillo.

—¿Sabéis lo mejor de todo? Somos portadores de enfermedades.

—¡Agh! —gritaron Sid y Diego, que pegaron un salto.

Eddie y Crash hicieron gárgaras y les escupieron.

A su alrededor, los enormes diques glaciares crujían y se movían. Grandes fragmentos de hielo caían por doquier.

Los revoltosos animalitos peludos se detuvieron, conteniendo el aliento. ¡Parecía que el mundo entero estaba tocando a su fin!

—Bueno, gracias a Sid, ahora viajaremos juntos y, nos guste o no, seremos una gran familia feliz —declaró Manny—. Yo seré el papá, Ellie será la mamá y Diego será el tío que devore a los pequeños que me pongan nervioso.

Nadie pareció tener ninguna objeción.

—¡Ahora pongámonos en marcha antes de que el suelo ceda bajo nuestros pies! —gritó Manny.

Ellie le contempló con interés.

—¡Vaya! —exclamó—. Creía que los tipos gordos tenían buen humor.

—No estoy gordo —respondió Manny—. Es el pelaje lo que me hace parecer grande. Se hincha.

—Está gordo —dijo ella a sus hermanos, y zanjó la cuestión, mientras ellos se subían a su espalda para el largo viaje.

CAPÍTULO 5

EL ÚLTIMO DE LA ESPECIE

Amigos, la huida de una inundación es el mejor momento para deshacerse de esos kilos de más, con la «Dieta Desastre» de Tony el Rápido.

La incesante charla promocional de Tony el Rápido seguía adelante mientras los aterrorizados animales se abrían paso sobre montones de fragmentos de hielo sueltos y evitando traicioneros aludes de rocas.

Los animales estaban tan ocupados intentando escapar de la inminente inundación, que ninguno prestaba la menor atención a Tony el Rápido. Éste se fijó en una gran vaca que se aproximaba.

—¡Señora! Tiene usted el aspecto de una bestia

peluda gorda y grande. ¿Qué le parecería perder una tonelada o dos? —dijo Tony con su tono de vendedor.

—¿Qué se ha creído? —exclamó la enorme vaca.

—No le hagas caso, Vera. Estás más delgada que un junco —dijo su marido.

La vaca sonrió a su marido y ambos continuaron hacia el barco con el resto de los animales.

—¡Eh, también tengo la cura perfecta para su visión, mi miope amigo! —gritó Tony el Rápido al buey.

Al recorrer el horizonte con la mirada, vio a Manny y Diego a lo lejos. Esta vez, el vendedor ambulante decidió trasladar su punto de venta a otra zona de la manada, antes de que llegaran los fastidiosos pesos pesados.

Las zarigüeyas se mantenían ocultas, y saltaban de un arbusto a otro. Ellie intentaba disimular su corpachón con unas cuantas hojas y ramas.

Manny hizo un gesto de asombro mientras la contemplaba, pues intentaba ocultarse tras un tronco que era mucho más fino que ella.

—Nunca llegaremos si seguimos a este ritmo —dijo

a Sid y Diego—. Ellie, puedes dejar de camuflarte. ¡Estás a salvo!

—¡Está bien! —respondió Ellie, pero miró hacia sus hermanos para estar segura—. Crash, Eddie, explorad la ruta.

Ellos salieron de los arbustos.

—¿Qué tenemos? —preguntó Crash.

—El perímetro parece despejado, capitán —contestó Eddie.

—Recibido. Uno, nueve, cambio.

—Mmm, recibido, corto, idiota —se burló Eddie.

Crash le golpeó en la cabeza.

—¡Ay! —exclamó Eddie.

Crash empezó a reírse, pero Eddie lo agarró por la garganta.

—¡Chicos! —gritó Ellie.

—¡Todo despejado! —anunció Crash.

Al final, Ellie se atrevió a salir de detrás del árbol. Crash y Eddie salieron de entre las ramas y se pusieron a su lado, pero justo cuando aparecían, Eddie vio algo en el aire sobre sus cabezas.

—¡Halcón! —gritó, y señaló hacia arriba.

Crash y Eddie se tiraron al suelo y se quedaron inmóviles. Ellie también se arrojó al suelo.

Manny inclinó la cabeza.

—¿Qué haces? —preguntó.

—Me hago la muerta —contestó ella.

—Manny, ¿por qué no lo haces tú? —preguntó Sid.

—¡Porque yo soy un MAMUT!

—¿Se ha ido ya? —preguntó Ellie, y abrió un ojo.

—Estás a salvo —contestó Manny—. Levántate.

—¡Menos mal! —exclamó Ellie con un suspiro—. De no haber estado tú aquí, ese halcón se habría lanzado en picado y me habría cogido para su cena. Así terminó el primo Wilton.

Sid y Diego se miraron el uno al otro, estupefactos.

Ellie seguía temblando por «lo cerca que había estado».

—Me das lástima —dijo a Manny—. De veras. No puedo ni imaginarme lo que se siente al ser el último de tu especie.

Manny señaló hacia ella.

—No soy el último.

—Tienes un espíritu valiente. Eso es. No abandones la esperanza —dijo ella con simpatía, sin captar su indirecta.

—Ellie —dijo Manny con un suspiro—. Mira tus huellas.

Ella bajo la vista y vio las pequeñas pisadas de Eddie y Crash alrededor de las grandes y redondas.

Manny señaló hacia las huellas.

—Tienen la misma forma que las mías —observó.

Ellie las contempló con aire de duda.

—¿Cómo sé que no son las tuyas? —preguntó.

Manny pensó por un momento.

—Bueno, mira nuestras sombras.

Ellie miró las dos siluetas que se extendían en el suelo.

—Son iguales —dijo Manny.

Ella estudió las dos sombras, e intentó descubrir qué podía significar aquello. De pronto, su cara se iluminó.

—Tienes razón. ¡Son iguales!

—Manny hizo un gesto de triunfo.

—¡Debes de tener algo de zarigüeya! —dijo ella.

—¡Más quisiera él! —exclamó Crash, despectivamente.

Manny estaba a punto de seguir discutiendo cuando otro gran fragmento de hielo cayó rodando desde el glaciar. ¡Los halcones y los buitres eran el menor de sus problemas! Todo el valle se estaba convirtiendo rápidamente en un extenso lago sembrado de rocas y grandes bloques de hielo. Los animales apresuraron su paso, y cruzaban el agua de una placa de hielo a otra.

Eddie y Crash disfrutaban resbalando, y se deslizaban como una pareja de patinadores, pero Diego estaba tenso.

—¿Queréis dejarlo ya? —soltó.

—Aaah, vamos, tigre de pacotilla. Diviértete un poco —se burló Crash.

—¿No veis que el hielo ya es bastante fino como para que lo desgastéis más? —les regañó Diego.

Todos miraron hacia la placa de hielo donde se encontraban. ¡Diego tenía razón!

—Tal vez el hielo sea fino, pero es lo bastante fuerte como para sostener a un mamut de diez toneladas y a una zarigüeya de nueve —dijo Sid—. Yo, incluso me he traído mi colección de rocas —añadió, y mostró un montón de piedras para que lo viera Diego.

—¡Tira eso! —gruñó el dientes de sable, y las lanzó al agua de un manotazo.

—¡Mi feldespato! —se lamentó Sid.

Aumentaron el ritmo de su avance por el hielo, e intentaron pisar suavemente.

—Algo me da mala espina —dijo Ellie—. Mi sentido de zarigüeya me está alertando.

—Sentido de zarigüeya —respondió Manny socarronamente—. No existe tal cosa.

Pero en ese preciso momento dos inmensas sombras oscuras pasaban por debajo del ellos y del hielo.

Sin ser consciente del peligro, Ellie gritó por divertirse:

—¡Tierra a la vista!

Antes de que pudieran dar un paso más, uno de los terribles monstruos, Torbellino, emergió rompiendo el hielo y haciendo que todos resbalaran por las placas.

—¡Mamífero al agua! —gritó Sid mientras salía despedido.

Diego giraba sin control sobre una pequeña placa de hielo, y se aferraba a ella con las garras, temiendo por su vida.

Crash y Eddie vieron a su hermana tendida, inconsciente, sobre otra placa, y saltaron hacia ella. Crash levantó uno de sus párpados.

—¡Vamos, hermana! —exclamó—. ¡Si te haces la muerta, morirás!

Ella se puso en pie, pero al mirar hacia el agua vio un espectáculo aterrador. Sid nadaba con todas sus fuerzas hacia Diego, perseguido de cerca por el inmenso Torbellino de afilados dientes.

—¡Socorro, Diego! —gritó Sid.

Pero Diego estaba demasiado paralizado como para pestañear siquiera.

Sid se agarró a una de las rígidas patas inmóviles de Diego y consiguió subirse al hielo flotante. ¡Pero el reptil acuático se acercaba rápidamente! Sid tenía que pensar en algo pronto o ambos serían engullidos por la gigantesca boca del reptil.

Entonces tuvo un destello de inspiración.

—Puede que te duela un poco —gritó antes de morder con fuerza la cola de Diego.

—¡Aaaaah! —aulló Diego.

Sid salió corriendo, perseguido por un Diego furioso.

¡Justo a tiempo! Detrás de ellos, el hielo se rompió en pedazos. Al volverse vieron a Torbellino, que saltaba fuera del agua y destruía la placa de hielo de un solo bocado.

Atrapado en otro bloque de hielo flotante, Manny contemplaba la escena, estupefacto, mientras Diego y Sid corrían hacia la orilla, y Torbellino destrozaba el hielo en su persecución.

¡*BAM!* El otro monstruo acuático, Cretáceo, saltó de repente fuera del hielo, y cerró sus poderosas mandíbulas a sólo unos centímetros de la nariz de Manny.

Manny vio con terror cómo el monstruo daba la vuelta y volvía a emerger al otro lado. De pronto, lo único que Manny podía ver era una boca llena de dientes afilados como navajas que se aproximaba hacia él. *¡CLONK!* Las potentes mandíbulas se cerraron con fuerza.

¡Aargh! Cretáceo se quedó temblando. Su boca se había cerrado sobre los duros colmillos de marfil de Manny. Éste sacudió la cabeza y Cretáceo volvió a caer al agua. Manny se tambaleó y estuvo a punto de caer también, pero su placa de hielo se había acercado a la orilla. Saltó del hielo y alcanzó la seguridad de tierra firme. Diego y Sid aparecieron tras él y contemplaron la enorme huella del mordisco en la placa de Manny.

Cretáceo y Torbellino les dirigieron una mirada terrible desde el agua, calibrándolos para su próximo ataque. Luego se sumergieron en silencio hacia las oscuras profundidades.

Los ojos de Sid estaban a punto de salirse de sus órbitas por la estupefacción.

—¿Qué..., qué clase de criaturas eran ésas?

—Como si no bastara el peligro de ahogarse —dijo Diego, temblando.

Ellie y las zarigüeyas se unieron a ellos en la orilla.

—Ha sido la acción más valiente que he visto nunca —añadió Ellie.

Manny se hinchó de orgullo.

—No tiene importancia —dijo humildemente—. De veras, yo...

—Oh, no es un cumplido —declaró ella—. Entre las zarigüeyas la valentía es algo común.

—Sí —admitió Crash—. Somos intrépidos.

—E insípidos —añadió Eddie.

—A lo mejor, los mamuts se han extinguido porque se ponían en peligro demasiado a menudo. Tal vez deberías huir más —sugirió Ellie.

Manny no podía creer lo que estaba oyendo.

—Bien dicho. Gracias por el consejo.

—De nada.

Ellie se puso en marcha, seguida de sus hermanos zarigüeyas.

Manny se volvió hacia Sid y Diego.

—¿Qué os parece? «La valentía es algo común». «Tal vez deberías huir más» —dijo, imitándola—. Es testaruda, terca e insoportable.

—Sí. Sin duda es una mamut —añadió Sid—. Eres igual que ella.

—¡No es verdad! —exclamó Manny, alejándose.

—¡No te preocupes, tu secreto está a salvo conmigo! —le dijo Sid.

Luego se volvió hacia Diego:

—Por cierto, el tuyo también.

—¿Qué secreto? —preguntó Diego.

—El de que no sabes nadar.

—Eso es absurdo.

—Vale —suspiró Sid—. Pero vivimos en un mundo en deshielo, compañero. Antes o después, tendrás que enfrentarte a tus miedos.

Diego sabía que Sid tenía razón. Desde donde se encontraban podían ver cómo el nivel del agua iba subiendo. Se apresuraron a alcanzar a Manny, Ellie y las zarigüeyas.

Ellie y sus hermanos empujaban troncos para subirlos a una colina.

—Casi hemos llegado —dijo Crash—. Listo. ¿Preparado, Eddie?

—¡A rodar! —gritó Eddie.

Crash y él soltaron el tronco para que rodara colina abajo. Cuando fue cobrando velocidad, las dos zarigüeyas saltaron a su interior y rodaron dentro como unas zapatillas en la secadora de una lavandería.

Manny, Sid y Diego les observaban sin decir palabra.

Como si el juego de las zarigüeyas no fuera ya bastante extraño, un momento después, Ellie se lanzó tras ellos montada sobre su propio tronco, como un maderero en los rápidos de un río.

—¡Voy sin frenos! ¡Rodando! —gritaba—. ¡Nos vemos al final!

—Bueno, Sid —dijo Manny, y señalaba en dirección a Ellie—. ¿Crees que es la chica indicada para mí?

—¡Sí! Tiene toneladas de diversión, y tú eres un aburrido. Es tu complemento, Manny —añadió, y puso cara de bobo.

Al final de la pendiente, el tronco de Crash y Eddie se detuvo al chocar contra una gran roca. Salieron arrastrándose y se tambalearon mareados, e intentaron darse una palmada, pero se chocaron las cabezas.

Crash se subió a un árbol joven.

—¡Eh, Manny! —gritó—. ¿Podrías doblar este árbol y lanzarme a la charca?

—No —dijo Manny, y pasó ante la zarigüeya sin dirigirle ni una mirada.

—¿Cómo esperas impresionar a Ellie con esa actitud? —preguntó Sid.

—No quiero impresionarla —contestó Manny.

—¿Entonces, por qué te esfuerzas tanto por convencerla de que es una mamut?

—¡Porque eso es lo que ES! —gritó Manny—. Me da igual que se crea una zarigüeya. ¡Es imposible ser ambas cosas!

—De eso nada, monada —replicó Sid—. ¡Diles eso a los tiburones-tigre, a los peces-loro o a los peces-escorpión!

Manny, él nunca dejará de buscarte las cosquillas —dijo Diego—. Sería más fácil para todos si dejaras de seguirle el juego.

Manny rechinó sus molares, inspiró profundamente para centrarse y se dirigió a Crash:

—Bueno, ¿qué quieres que haga?

—Simplemente, que dobles el árbol y que me lances a la charca —contestó Crash.

Manny miró la distancia del árbol a la charca.

—No sé...

—Si no te atreves a hacerlo, se lo podemos decir a Ellie —dijo Crash.

—No, no —respondió Manny—. Puedo hacerlo. Puedo hacerlo.

Arrancó el árbol con su trompa.

Crash adoptó una pose de despegue y se chupó el dedo para comprobar la dirección del viento.

—Más lejos. Más lejos. Más lejos —ordenó.

—¿Has hecho esto alguna vez? —preguntó Manny.

—Sólo un millón de veces —suspiró Crash. Más lejos. Más lejos. Más lejos. Perfecto. Ahora... ¡Lánzame!

Manny hizo lo que se le pedía. *¡SPRONG!* El árbol se enderezó súbitamente y Crash salió despedido por los aires.

—¡Puedo volar! —cantó—. ¡Puedo volaaar...!

¡SMASH! Chocó de cabeza contra un roble y se desplomó al suelo como un saco de patatas. Encima de él cayó una lluvia de bellotas.

Todos corrieron a su lado, asustados. Crash estaba hecho un ovillo con las piernas dobladas.

—¡Crash! ¿Crash? ¡Crash! —gritó Eddie.

Ellie vino a ver qué ocurría.

—¿Qué ha pasado? —preguntó.

—Manny le ha lanzado con un árbol —acusó Eddie.

Ella miró a Manny, enfurecida.

—¿Qué pasa contigo?

Manny se encogió de hombros.

—Dijo que podía hacerlo.

—¿Y le hiciste caso?

—Sí, pero...

Entonces oyeron gemir a Crash. Eddie cayó de rodillas con aire dramático y sujetó a su hermano en sus brazos.

—¡Crash! ¡Hagas lo que hagas, no vayas hacia la luz!

—Esto..., ¿puedo ayudar? —preguntó Manny, ansiosamente.

—Ya has hecho bastante —gritó Ellie—. Vete, por favor.

Manny miró con enfado a Sid y Diego.

—¿Ya estáis contentos?

Ellos se sintieron fatal.

—¡Crash, Crash, no me dejes! ¿Quién cuidará de mí? —gemía Eddie—. ¿Quién será mi aliado de jugarretas? ¿Quién se revolcará en ese charco de barro conmigo?

A las palabras «charco de barro», uno de los ojos de Crash se abrió.

—Un momento. Mis piernas. Puedo levantarme —murmuró.

—¡Puede levantarse! —gritó Eddie.

—¡Puedo correr! —exclamó Crash.

—¡Puede correr! ¡Es un milagro! —volvió a gritar Eddie.

Saltando y aullando salieron disparados hacia la charca, se lanzaron sobre el barro y empezaron a revolcarse.

Manny y sus amigos miraron a Ellie.

Ella se encogió de hombros y sonrió tímidamente.

—¿Qué puedo decir? Son unos peques. Hacen que mi vida sea una pequeña aventura.

Entonces fue tras sus hermanos gritando, iracunda:

—¡Os la habéis ganado..., gracias por dejarme en ridículo! ¡Volved aquí!

—¡Oh! ¡Ay! ¡En la cara no! —gritaron las zarigüeyas dramáticamente, mientras su hermana grande se inclinaba sobre ellos y les amenazaba con darles una buena paliza.

Manny, Sid y Diego suspiraron.

CAPÍTULO 6

TERRENO SAGRADO DE LOS MAMUTS

Manny vigilaba mientras Ellie, Crash y Eddie jugaban entre sí, y disfrutaban de unos instantes felices en familia. Sus ojos se tornaron vidriosos y giró la cabeza a un lado.

—¿Manny? —preguntó Diego.

Manny salió de su ensueño y se volvió hacia Sid y Diego. Levantó un árbol que se interponía en su camino y lo zarandeó, casi descabezando a sus amigos.

—Estabas pensando de nuevo en tu familia, ¿verdad? —preguntó Diego.

Manny levantó otro árbol y lo movió, mientras Sid y Diego saltaban sobre él para evitar ser golpeados de nuevo. Sid se sentó sobre uno de los árboles mientras Manny lo levantaba.

—Nunca hablas de ella. ¿Cómo era? —preguntó Sid.

Manny se estremeció ante la pregunta de Sid. Éste se dejó caer y quedó colgado boca abajo ante la cara de Manny.

—Era la mejor parte de mí. Ella no me veía, pero cada noche la observaba mientras dormía a nuestro hijo. Lo único más hermoso que la manera en que ella me miraba era la forma en que ella le miraba a él. Y todos los días podía presenciarlo —dijo Manny con un suspiro.

—Puedes volver a tener eso —dijo Sid delicadamente.

—No, Sid, no puedo —respondió Manny.

—Está bien, pero piénsalo. ¡Si dejas pasar esta oportunidad, toda tu especie desaparecerá! ¡Y eso es egoísta! —gritó Sid.

Manny se fue airado, después de tirar el árbol donde Sid estaba sentado.

Aquella tarde, cuando el sol empezaba a caer, Crash y Eddie iban en cabeza del grupo, que marchaba por un bosque en ruinas. El suelo se había vuelto pantanoso y todos los árboles estaban inclinados hacia un lado u otro. Las ágiles zariguëyas subían encima de ellos o se arrastraban por debajo como niños en un patio de recreo. Ellie intentaba seguirles, pero pronto se quedó atascada bajo un árbol caído.

Tras ella podía ver a Manny, que se abría paso usando su trompa para arrancar los árboles en su camino y hacerlos a un lado.

—¿Necesitas ayuda? —preguntó cuando llegó a su lado.

—No —contestó ella—. Sólo estoy descansando.

—Estás atascada —dijo Manny.

—Claro que no —contestó Ellie, e hizo una mueca.

Manny suspiró.

—Está bien. Sigamos entonces —dijo, y retomó la marcha por el bosque empantanado.

—No puedo, estoy atascada —admitió Ellie.

Manny levantó el árbol y la liberó.

Entonces, Ellie se quedó en silencio y todos sus sentidos se pusieron alerta. El sol poniente brillaba tras los árboles en tonos anaranjados, y los iluminaba como cristal ahumado. Era el sitio más mágico que ella había visto jamás.

Las copas de los sauces se balanceaban en la suave brisa, y adoptaban formas de distintos mamuts. Ellie se detuvo ante uno de los árboles. El sol hacía resplandecer sus ramas, y lo iluminaba con una forma familiar.

—Conozco este lugar —dijo ella de pronto.

Se vio a sí misma de pequeña. Había nieve en el suelo, y ella correteaba de un lado a otro en busca de algo desesperadamente. Estaba sola y temblaba de frío en medio de un fuerte viento helado. Se vio a sí misma acurrucándose, llorando asustada, al abrigo de un árbol. ¡Era este árbol! ¡El mismo árbol que estaba contemplando en ese momento!

Y allí, colgada de una rama más arriba, podía ver una zarigüeya. Ellie vio cómo su imagen de pequeña se enjugaba las lágrimas mientras miraba a los amables ojos de la mamá zarigüeya. Dos pequeñas crías de zarigüeya la contemplaban desde detrás de su madre. ¡Eran sus hermanos!

Ellie comprendió que estaba viendo unos recuerdos muy antiguos.

Manny se fijó en su expresión abstraída y la contempló mientras ella miraba hacia abajo y, por primera vez, caía en la cuenta de la huella que dejaba junto a la de él. Miró hacia Manny con lágrimas en los ojos.

—Un mamut nunca olvida —le dijo él suavemente.

—¿Sabes? En el fondo siempre supe que era diferente —suspiró Ellie—. Siempre era un poco más grande que otras crías de zarigüeyas..., está bien, mucho más grande. Apenas podía subirme a la espalda de mi madre.

—No tiene nada de malo ser grande —le animó Manny.

Ellie le miró, sorprendida.

—Eso es lo que ella solía decir. Y siempre conseguía que me sintiera mejor. Pero hasta que te vi, nunca había visto a nadie que se pareciera a mí. Ahora entiendo por qué los jóvenes zarigüeyas nunca me encontraron atractiva.

—Es una lástima. Porque en cuanto a los mamuts, eres..., bueno..., ya sabes... —balbuceó Manny.

—¿Qué? —preguntó Ellie.

—Pues..., bueno..., atractiva.

—¿De veras? —dijo Ellie, y se animó, sonriendo.

—Sí —respondió Manny, y se relajó un poco.

—¿Y qué más? —preguntó Ellie.

—¿Eh? Bueno..., pues también..., tu trasero...

Manny buscaba palabras desesperadamente. ¡Cualquier palabra!

—¿Qué pasa con él? —preguntó Ellie.

—Es... ¿grande?

Ellie sonrió.

—Lo dices por decir.

—No, de veras. Es enorme.

—Qué amable eres —dijo ella, y suspiró feliz.

—Que me aspen si no es el trasero más inmenso que he visto jamás.

Ella se rió.

—Qué día tan extraño. Esta mañana me he despertado zarigüeya y ahora soy una mamut.

Manny sonrió, encantado.

—¡Venga! ¡Vamos a arrancar algún árbol! —gritó ella—. ¡Quiero ver lo que puede hacer este nuevo cuerpo de mamut!

—¡Pero si siempre has tenido ese cuerpo! —dijo Manny.

Ellie ya estaba corriendo ladera abajo.

Manny se encogió de hombros y corrió tras ella.

Mientras, en la base de la colina, Sid organizaba el campamento para que todos pudieran disfrutar del descanso que tanto necesitaban. Encendió una hoguera y, súbitamente, innumerables ojos diminutos resplandecieron en la oscuridad que los rodeaba. Diego se puso en medio del círculo de luz y todos los ojos desaparecieron rápidamente.

—Oye, menudo cambio ha dado Manny con Ellie —dijo Sid—. Se enfrentó a su miedo, se lanzó... *¡Splash!* Ha sido valiente, ¿verdad?

—No sé —contestó Diego—. Los dientes de sable no conocemos el miedo.

—Oh, vamos. Todos los animales sienten miedo. ¡Es lo que nos distingue de, digamos..., las piedras! —dijo Sid—. Las piedras no tienen miedo. Y se hunden.

—¿Adónde quieres llegar? —gruñó Diego.

—Tal vez te sorprenda saber que yo también he experimentado miedo —respondió Sid.

—¿Tú? No me digas —dijo Diego sarcásticamente.

—Sí —añadió Sid—. Aunque parezca imposible, los perezosos tenemos enemigos naturales que quieren hacernos daño o matarnos.

—Vaya, me pregunto por qué.

—Por envidia, sobre todo —dijo Sid simplemente—. La cuestión es que el miedo es algo natural.

—El miedo es para las presas —declaró Diego, y se alejó del molesto perezoso.

—Bueno, entonces estás permitiendo que el agua te convierta en su presa —dijo Sid.

La idea golpeó a Diego como un jarro de agua fría. Se detuvo en seco y se volvió hacia su amigo.

—Mira —continuó Sid—, la mayoría de los animales nadan cuando son bebés. Sólo tienes que saltar...

Se lanzó sobre un arbusto y adoptó una pose de nadador.

—Confía en tu instinto. ¡Ataca al agua! *Grrr...* —dijo, y salió del arbusto, arrastrándose sobre un tronco—. Para un tigre es como arrastrarse sobre el vientre para acechar a una pobre víctima indefensa...

Diego miró hacia otro lado, y Sid se dejó caer ante él colgado de una liana. Se balanceó como si estuviera nadando por el aire.

—Mira, garra, patada, garra, patada... Estoy acechando a la presa —explicó a Diego.

Alzó su cabeza para hacer la demostración.

—Ahora respiro. Ahora miro por encima del hombro para ver si me siguen.

Dio unas imaginarias brazadas.

—Ahora estoy acechando..., acechando..., respirando..., acechando...

Diego extendió sus grandes garras y cortó la liana.

—¡Cayendo! —gritó Sid.

¡Splat! Cayó al suelo de bruces.

Diego se inclinó sobre él.

—No es así. Te estás hundiendo como una piedra.

Mientras tanto, Manny se estaba hundiendo de otra forma distinta. El y Ellie se aproximaban al campamento y Ellie continuaba maravillada por su nueva identidad.

—¡Nuestra especie es tan poderosa! Pero también somos delicados.

Ella frotó su hombro contra el de él y casi le derriba.

—Vaya, perdona. Todavía no soy consciente de mi propia fuerza.

Ellie, ¿te das cuenta de que ahora tenemos una oportunidad de salvar nuestra especie? —preguntó Manny.

—¿Cómo vamos a hacer eso? —preguntó ella, desconcertada.

Él tuvo miedo de mirarla a los ojos.

—Bueno, ya sabes..., balbuceó.

Ellie lo pensó un momento.

—¿Estás diciendo...?

—No, no quería decir...

—¡Increíble! —gritó ella—. ¿Soy mamut sólo desde hace cinco minutos y ya me estás haciendo proposiciones?

—No estaba diciendo... No ahora mismo —dijo Manny e intentó retroceder—. Sólo quería decir que tenemos una responsabilidad...

—¿Qué? —dijo ella furiosa.

—Lo he expuesto mal.

—¿Responsabilidad? —preguntó ella—. Sólo quieres cumplir con tu deber, ¿es eso? ¿Qué, estás preparado para hacer el sacrificio por salvar a tu especie?

—No, no —balbuceó Manny—. Tú eres... muy bonita. Pero acabamos de conocernos. No quería...

—Pues tengo algo que decirte —declaró Ellie—. No salvarás a la especie esta noche ni ninguna otra.

Se alejó a grandes zancadas para reunirse con sus hermanos, y Manny se acercó cabizbajo a Sid, que estaba sentado junto a la hoguera.

—¿Qué tal ha ido tu cita? —preguntó Sid.

—Bueno, no demasiado mal —mintió Manny.

Unos minutos después, Ellie se presentó en el campamento con sus hermanos a la espalda.

—Bueno, vámonos —ordenó a Manny y sus amigos—. Hemos viajado con vosotros todo el día. Ahora nos acompañaréis de noche.

—Pero si no se puede ver de noche —se quejó Manny.

—Entonces, que disfrutéis de la inundación —dijo Ellie, y se puso en marcha.

Eddie miró a Manny con enojo:

—No quiero ni verle.

—Para mí está extinto —dijo Crash—. ¡Pervertido!

Sid y Diego se pusieron en pie y apagaron el fuego.

Sid miró a Manny y meneó la cabeza.

—Haciendo amigos. Vayas donde vayas, siempre estás haciendo amigos.

Manny se encogió de hombros con timidez, mientras los tres amigos seguían obedientemente a Ellie y se adentraban en la noche.

CAPÍTULO 7

ROCAS PELIGROSAS

A medida que la noche se hacía más oscura, una densa niebla empezó a posarse. Diego se puso en cabeza, mientras las zarigüeyas usaban su agilidad y su buena visión nocturna para ayudar a sortear los peligros. Manny y Sid marchaban detrás, y golpeaban las patas contra las rocas, tropezando con troncos y ramas.

Manny intentó alcanzar a Ellie.

—He pensado que podríamos marchar juntos.

—Crash, pregúntale al mamut por qué quiere hacer eso —dijo Ellie sarcásticamente.

—Dice que cree que eres un idiota y que te largues —interpretó Crash.

—¡No ha dicho...!

Manny tropezó con una roca.

—¡Ay! —gritó—. *¡Ouch!*

Se detuvo e intentó hablar calmadamente a Ellie.

—Mira... Tal vez... Si pasáramos más tiempo juntos...

¡Bang! Se golpeó con una rama baja.

—Dile que ahora mismo necesito estar sola —cortó Ellie.

—Dice que te tires a un lago y que las zarigüeyas molan.

—Puedo oírla, ¿sabes? —se quejó Manny, y se frotó la cabeza.

—¿Qué quieres, una medalla? —preguntó Crash.

Manny meneó la cabeza.

De pronto, oyeron a Diego gritar:

—¡Dejad de moveros!

A través de la densa niebla habían llegado a lo alto de un montón de rocas en precario equilibrio.

Los animales se detuvieron y contuvieron el aliento. Sintieron cómo toda la formación rocosa se estremecía bajo sus patas. Oscilaba de un lado a otro como una sierra, entre dos precipicios.

—¡AAAAAHHH! —gritaron.

—¡Salgamos de aquí! —exclamó Ellie.

Ella y las zarigüeyas corrieron hacia uno de los precipicios, pero la formación se inclinó y chocó contra la pared del precipicio, derribando el muro, y quedaron aislados en lo alto de una pila de rocas.

—¡Aaahh! —gritaron Crash y Eddie, y saltaron el uno a los brazos del otro, provocando con ello que las rocas se agitaran más.

—¡Todo el mundo tranquilo! ¡Dejad de moveros! —ordenó Diego.

Quedaron inmóviles y las rocas dejaron de moverse.

—Gracias —dijo Diego.

En ese momento las rocas que estaban debajo se derrumbaron, y Diego y Manny cayeron a una roca más abajo. Ellie, Sid y las zarigüeyas seguían en la roca de encima. ¡Y comenzaba a moverse!

—¡Manny, Ellie, enlazad las trompas! —ordenó Diego.

Los dos mamuts se miraron el uno al otro.

—¡Ahora! —gritó Diego.

Manny alargó su trompa y la enlazó con la de Ellie. La gran roca se inclinó hacia atrás. Los mamuts afianzaron sus patas y se agarraron para sobrevivir, y consiguieron a duras penas mantener las rocas en equilibrio.

Diego miró al saliente que había al otro lado y pensó rápidamente.

—¡Eddie! ¡Crash! —gritó—. Usad vuestras colas. Saltad y balancead la roca hacia delante y hacia atrás para alcanzar ese saliente.

—Muy gracioso. ¿Y cuál es tu plan verdadero? —preguntó Crash.

—¡Haced lo que os digo! —gritó Diego.

Crash y Eddie se volvieron y se dirigieron una triste mirada de despedida.

—¡Vamos! —ordenó Diego.

Los hermanos zarigüeyas chillaron y saltaron. Eddie rodeó la roca con su cola y, agarrando a Crash por las manos, se balanceó como un trapecista hacia el saliente, mientras Manny y Ellie seguían enlazados.

—Esto..., si lo que te dije antes te molestó, lo lamento —balbuceó Manny.

—¿Cómo que si me molestó? —preguntó Ellie.

Se echó hacia atrás y las rocas comenzaron a moverse.

—¡Le molestó! —gritó Crash, e intentó desesperadamente que hicieran las paces antes de que fuera demasiado tarde—. ¡Claro que le molestó!

—Pues eso. Lamento que te molestara —corrigió Manny.

Ellie se acercó más.

—Exageraste tu reacción —soltó Manny.

—¿Qué?

Ella volvió a echarse hacia atrás y las rocas se estremecieron.

—¡Retira eso! —gritó Crash—. Aquí hay otras vidas en peligro.

Sid se rascó la cabeza:

—Un momento, tiene razón.

Las rocas vibraban.

—¡No la tiene! —volvió a gritar Crash.

—Fue un malentendido —dijo Sid.

—Fue una grosería —añadió Eddie.

Las rocas se movían peligrosamente.

—¡Manny, pídele disculpas ahora mismo! —gruñó Diego, que rechinó los dientes.

—¿Por qué? —se quejó Manny. Exageró su reacción.

Las rocas se balanceaban hacia delante y hacia atrás a punto de derrumbarse.

—Esto no estaría pasando si papá le hubiera dejado salir con el primo Vinnie —dijo Eddie a Crash.

—¡PÍDELE PERDÓN! —gritó Diego.

—¡ESTÁ BIEN, LO SIENTO! —chilló Ellie.

—¿QUÉ?

Todos se volvieron hacia ella, sorprendidos.

Las rocas dejaron de moverse.

—Tiene razón —dijo ella suavemente—. Me enfadé demasiado.

—¿Quieres decir...? —empezó Manny.

—¡Basta! —gritó Diego—. Ni una palabra más u os empujaré yo mismo.

Manny selló sus labios de mamut. Las acrobáticas zarigüeyas consiguieron por fin balancear su roca hasta el saliente sólido. Saltaron a tierra firme seguidos por Sid, Ellie y Many. El último fue Diego, que saltó justo antes de que toda la formación de rocas comenzara a ceder tras él. Manny y Ellie lo agarraron con sus trompas mientras la formación se derrumbaba en un gran y estruendoso alud.

Ellie miró a Manny exhausta, pero triunfante.

—Creo que por fin hemos conseguido hacer algo bueno juntos —dijo.

Manny se detuvo a mirarla.

—¡Eh, no os preocupéis por mí! —gritó Diego—. Sólo estoy colgado al borde del precipicio.

Manny y Ellie le levantaron para ponerle a salvo, y todos emitieron un profundo suspiro de alivio.

Cuando la niebla se levantó, emprendieron la marcha montaña abajo, y Sid hizo una hoguera en la colina. Poco después, todos estaban tumbados junto a ella para dormir.

—¿Te acuerdas de los buenos tiempos? —dijo Sid a Diego mientras colocaba una piedra que tenía debajo.

—¿Qué buenos tiempos? —preguntó Diego, somnoliento.

—Ya sabes —replicó Sid—. Cuando los árboles se mantenían erguidos y la tierra no se movía bajo nuestros pasos.

—Ésos eran buenos tiempos. Las zarigüeyas eran zarigüeyas y los mamuts eran mamuts... —dijo Diego—. Deberíamos dormir un poco.

—Sí, mañana es el día en que el buitre dijo que todos moriríamos —añadió Sid.

Y tras decir eso puso su cabeza sobre la piedra y se quedó dormido.

Manny se estiró y miró a Ellie, que alzaba a sus hermanos para colgarlos por las colas de una rama. Luego les dio un beso de buenas noches y alisó la piel de sus cabezas.

Después subió al árbol y rodeó con su cola de mamut la rama para dormir cerca de ellos. Su peso hizo que la rama descendiera hasta que su trompa alcanzó el suelo. Manny se quedó dormido, sonriendo.

CAPÍTULO 8

SID, EL DIOS DEL FUEGO

A primera hora de la mañana, justo cuando el sol ascendía por el este, acariciando el valle con su luz rosácea, la piedra sobre la que Sid dormía se levantó de pronto de la tierra y empezó a alejarse del campamento.

Sid abrió un ojo. ¡O todo el paisaje se estaba moviendo o era él el que se movía!

—Un momento —dijo.

Miró hacia abajo y descubrió que estaba siendo transportado por un grupo de diminutos perezosos.

Esto..., ¿puedo ayudaros? —dijo Sid, que se dirigió a ellos.

Al acercarse a un claro, Sid pudo ver a toda una tribu de pequeños perezosos esperándoles.

Se quedó mirando a los perezosos que le contemplaban con reverencia. Todos cayeron de rodillas al mismo tiempo. Un miniperezoso se acercó para ofrecerle con humildad un gran melón.

—¿Es para mí? —preguntó Sid.

Antes de que Sid pudiera agarrarlo, el miniperezoso lo introdujo en la boca de Sid, mientras otro le entregaba una flor.

Sid la olió.

—¡Aaatchís!

Al estornudar esparció el melón sobre la tribu de perezosos, y todos gritaron de júbilo.

Dos jóvenes miniperezosos colocaron una corona de flores sobre la cabeza de Sid, y le dieron la vuelta para que contemplara una gigantesca escultura de veinte metros que representaba... ¡al propio Sid!

—¿Quién es vuestro decorador? Esto es verdaderamente impresionante —dijo Sid—. ¿De veras son tan gordos mis muslos?

Los miniperezosos le bajaron de golpe de la roca y le entregaron dos pequeñas piedras. El jefe de la tribu señaló solemnemente hacia las piedras que Sid tenía en la mano.

—Dios del Fuego. Piedras —declaró.

—Oh..., así que soy el Dios del Fuego. Vale —dijo Sid—. Bueno, ya era hora de que alguien reconociera mi valía.

Sid contempló a la multitud de admiradores.

—De acuerdo. El Dios del Fuego va a actuar.

Golpeó las dos piedras entre sí, volaron chispas y encendieron el cuenco de alquitrán que había junto a la estatua. Las llamaradas de fuego estallaron hacia el cielo.

Los miniperezosos emitieron un triunfal grito de guerra.

Sid adoptó una pose victoriosa, y las damas suspiraron y se desmayaron. Se paseó por el escenario como una estrella del *rock*, rodeado de lenguas de fuego.

Una brigada especial de perezosos formó una mini-pirámide y alzó a Sid hasta el pináculo. Sid saludó y lanzó unos cuantos besos al aire. Los perezosos bailaban y saltaban en medio de un asombroso despliegue pirotécnico hasta el gran final, cuando Sid sintió que enrollaban una gran liana alrededor de su cuerpo y la ataban fuerte.

—Esto debe de ser muy bueno o muy malo —murmuró.

Los perezosos se detuvieron ante una profunda grieta, al fondo de la cual se veía un burbujeante lago de alquitrán ardiente.

Sid empezó a temblar.

—No, no, no. Soy el Dios del Fuego —gritó—. ¿Por qué queréis matar al Dios del Fuego? ¡Tendréis mil años de mal «yuyu» por matar al Dios del Fuego!

—Rocas sobrecalentadas procedentes del núcleo de la tierra ascender a la superficie derritiendo hielo formado durante miles de años y provocar grandes inundaciones —dijo la jefa.

Sid se quedó mirándola, impresionado.

—Sois una raza muy avanzada. Juntos podremos buscar una solución.

—Ya tenerla —declaró ella—. Sacrificar al Dios del Fuego.

—¡Eso no es muy científico! —gritó Sid.

—Valer la pena intentarlo —dijo ella, y se encogió de hombros.

Los miniperezosos lo arrojaron al pozo.

—¡Aaaaaaah! —gritó Sid.

Sid sintió cómo se le quemaban las pestañas por el intenso calor mientras caía hacia el fondo ardiente, pero justo antes de llegar al fondo, la liana se enganchó y le frenó en seco. Sid se agarró a algo..., ¡un enorme hueso de dinosaurio! A su alrededor, los esqueletos de dinosaurios brillaban en la niebla incandescente. Al soltarse, la liana saltó igual que un muelle, enviando a Sid como un cohete fuera del pozo.

¡Los miniperezosos vitorearon aún más fuerte! Entonces volvió a caer, y se quedó enganchado esta vez en un gran montón de huesos.

Con un último «¡Hurra!», los miniperezosos declararon muerto al Dios del Fuego.

Pero en ese momento un enorme esqueleto de dinosaurio salió despedido del pozo, voló por el aire y aterrizó en lo alto de la estatua. Los miniperezosos vieron a Sid atrapado dentro del esqueleto.

—¡«Yuyú» malo! —gritó un minibebé.

La multitud gritó de pánico. Los murciélagos salieron volando de la nariz de la estatua, y Sid utilizó uno de los huesos para ahuyentarlos. De repente, todo el monumento comenzó a desmoronarse, y los perezosos huyeron para ponerse a salvo.

Sid cayó despedido por un profundo barranco. Rodó y aterrizó con un golpe en el suelo.

Cuando el sol ya estaba alto en el horizonte, el campamento de los mamíferos se estaba encharcando.

Diego despertó de su sueño.

—Agua. ¡Agua! ¡Agua!

Antes de darse cuenta siquiera de lo que hacía, había dado un salto y estaba sobre la espalda de Manny.

Manny despertó sobresaltado y ambos golpearon el árbol de las zarigüeyas. Crash, Eddie y Ellie fueron cayendo uno tras otro.

Eddie dirigió una mueca a su hermano.

—Crash, te dije que no bebieras antes de acosarte.

—¡Yo no he hecho esto! —protestó Crash—. Al menos, no todo.

—¿Qué está pasando? —preguntó Ellie.

—Hemos dormido demasiado —dijo Manny—. Tenemos que movernos.

—¿Y si somos las últimas criaturas con vida? —gritó Eddie—. Tendremos que repoblar la Tierra.

—¿Cómo? —preguntó Crash—. Aquí todos somos machos, excepto nuestra hermana.

De pronto oyeron un ruido entre los arbustos, y Sid apareció tambaleándose y medio dormido.

—Oh. Hola, Manny. Vaya. Menuda nochecita. Nunca adivinaríais lo que me ha pasado.

—Me arriesgaré. Yo diría que has estado andando sonámbulo —dijo Diego.

—Oh, no, no. He sido raptado por una tribu de miniperezosos.

—Eso es lo segundo que iba a decir —añadió Diego secamente.

—¡Me adoraban! Vale, me arrojaron a un pozo en llamas, pero me adoraban —se vanaglorió Sid.

—Sid, estabas soñando —dijo Manny—. Vámonos.

—¡No estaba soñando! ¿Por qué resulta tan difícil creer que he sido raptado y adorado por una tribu de miniperezosos?

—Nos creíamos lo de «raptado» —añadió Diego.

—Pero no lo de «adorado» —intervino Manny.

—¡Lo digo en serio! Me raptaron. Me adoraban.

Pero sus amigos ya habían emprendido la marcha.

CAPÍTULO 9

CRUZANDO EL CAMPO DE GÉISERES

A medida que los glaciares se fundían y retrocedían, fueron creando un amplio paisaje húmedo lleno de inmensas rocas y montones de piedras. Una enorme red de nuevos arroyos serpenteaba en todas direcciones. Los antiguos ríos se habían convertido en anchos lagos, y las cascadas caían desde casi todos los precipicios.

Todo el paisaje había cambiado, pero con algo de suerte, el agotado grupo consiguió llegar a lo alto de una colina desde la cual vieron, por fin, «la cosa flotante» que el siniestro buitre había descrito. Era un inmenso barco de secuoya varado en lo alto de una montaña lejana.

Se podían ver muchas filas de animales distintos dirigiéndose hacia él.

—Allí está —dijo Ellie suavemente.

—¡Lo hemos conseguido! —gritó Eddie, y arrojó al aire una bola de barro.

La bola cayó sobre la cabeza de Crash. Éste hizo otra bola y se la lanzó a su hermano. Unos segundos después, todos se estaban riendo y lanzando bolas de barro unos a otros para celebrarlo.

Manny y Ellie se inclinaron hacia el barro para coger más munición, y sus trompas se rozaron accidentalmente. Se miraron el uno al otro a los ojos, sorprendidos por la profunda conexión que sentían. Sus corazones se fundieron como los glaciares. Ellie dedicó a Manny una maliciosa sonrisa, y Manny leyó su pensamiento. Levantaron grandes pelotas de barro y... *¡RAT-TAT-TAT-TAT!,* dispararon una ráfaga rápida a Crash, Eddie, Sid y Diego.

Antes de que los amigos pudieran devolvérsela, toda la colina en la que se encontraban cedió de pronto con un gran ruido.

—¡AAAAAAAAH! —gritaron mientras eran arrastrados por el alud de barro, y aterrizaban... *¡SPLAT!*, en un gran agujero, donde cada uno de ellos sacó la cabeza del barro en un ángulo distinto.

Sid, Crash y Eddie fueron los primeros en salir del agujero.

—Hemos echado una carrera contra el agua y hemos perdido —dijo Diego.

Ante ellos se extendía un traicionero campo de minas sembrado de cráteres humeantes. De cuando en cuando, sin razón aparente, uno de ellos entraba en erupción, y lanzaba hacia el aire una columna de agua hirviendo.

—Oh, sólo es un poco de agua y vapor —respondió Sid—. No será tan grave.

El buitre siniestro descendió desde el cielo y se posó ante ellos.

—¡No tenéis escapatoria! ¡Seréis hervidos vivos! Será un instante de dolor con la sensación de...

Antes de que el buitre pudiera terminar la frase, un géiser entró en erupción y destrozó por completo al ave. Las plumas cayeron alrededor de ellos como nieve.

—Una demostración bastante clara —dijo Sid temblando.

Manny se adelantó para intentar investigar la situación. Un géiser se disparó cerca de él.

—Manny, vuelve aquí. Es un campo de minas —advirtió Diego.

Manny retrocedió y contempló el paisaje ante él, mientras los géiseres entraban en acción por doquier.

Uno a uno, los gigantescos árboles empezaron a perder su arraigo y a desplomarse.

—¡Crash! ¡Soy demasiado joven para morir! —gritó Eddie.

—En realidad nuestra esperanza de vida es bastante corta, así que nos tocará en cualquier momento —dijo Crash fríamente.

—¡Aaaaaahhhh! —gritó Eddie.

—Tenías que saberlo antes o después —añadió Crash—. Lo mejor era que te lo explicara yo.

—Sólo hay un camino para cruzar. En línea recta —afirmó Manny.

—No, preferimos conservar la piel en nuestros

cuerpos, gracias. Nosotros retrocederemos y daremos un rodeo. Es más seguro —dijo Ellie.

—No hay tiempo. Los diques cederán antes de que lleguemos. Nos ahogaremos —añadió Manny, y se acercó a Ellie y la miró directamente a los ojos.

—¡Si cruzamos por ahí, saltaremos en pedazos! —exclamó ella.

Mientras los dos discutían, el agua comenzó a inundar la tierra, cubriendo las patas de los animales. Las explosiones de agua y vapor se continuaban produciendo a su alrededor. Sid y Diego intercambiaron una mirada de nerviosismo.

—¡Seguimos adelante! —gritó Manny.

—¡Retrocedemos! —exclamó Ellie.

—¡Adelante!

—¡Atrás!

Manny se alzó con toda su estatura con la esperanza de ganar algo de autoridad. Ellie respondió y se alzó también, alcanzando la misma altura que Manny. La tensión iba en aumento, mientras el resto del grupo permanecía inmóvil ante el temor de caer en un géiser activo.

¡Llega la inundación!

Manny, Sid y Diego deben llegar al otro lado del valle.

¿Cómo conseguirá la manada cruzar el campo de géiseres?

—¿Puedo decir algo? —intervino Diego.

—¡NO! —gritaron Ellie y Manny al mismo tiempo.

—Eres cabezota y testaruda —dijo Manny.

—Bueno, eso demuestra que soy una mamut —respondió Ellie.

—¡Entonces, compórtate como un mamut! —añadió Manny.

Ambos animales estaban encarados sin decir ni una palabra. Los dos respiraban pesadamente y ninguno de los dos estaba dispuesto a ceder.

—Bueno, tal vez haya llegado el momento de separarnos —dijo Ellie, que rompió el silencio.

—No. Seguiremos juntos como grupo —afirmó Manny.

—¡No somos tu responsabilidad! —dijo Ellie mientras se volvía para marcharse.

Comenzó a caminar y las zarigüeyas la siguieron.

Manny bajó la cabeza en un gesto de frustración y emitió un suspiro de mamut. Se alejó enfadado con su grupo mientras Ellie se alejaba con el suyo.

Manny se adentró directamente en el campo de

géiseres sin detenerse a planificar una ruta. Sid y Diego le seguían, e intentaban permanecer lo más cerca posible de su líder.

—Ahogarse parece una forma mucho más amable de desaparecer. Volar en pedazos es... demasiado repentino —susurró Sid a Diego.

Sid temblaba de miedo a medida que los géiseres se iban activando a su alrededor. El grupo continuaba su avance mientras Manny, absorto en su ira y frustración, caminaba en línea recta. Sid se detenía para pasar de puntillas junto a los géiseres, y después de unos minutos a ese ritmo, Manny ya le había sacado bastante ventaja.

Manny avanzaba y escuchaba las explosiones que se producían a su alrededor, cuando un géiser entró en erupción y le lanzó hacia atrás. Conmocionado, escuchó las voces que se repetían en su cabeza.

—¡Chicos, mirad! ¡El último mamut!

—¡Dicen que os vais a extinguir!

—«... la valentía es una tontería».

—«No se puede ser dos cosas».

—«Cree que eres un idiota. Lárgate».

—«¿Y si soy el último mamut?»

—«¿Qué te pasa? ¿Qué te pasa?»

Diego corrió hasta Manny y le sacó de su estupor.

—¡Venga, Manny! ¡Vámonos! —gritó Diego.

El grupo salió del campo de géiseres y llegó a territorio seguro. Ya casi habían alcanzado el barco.

CAPÍTULO 10

EL BARCO

Ante el barco la escena era caótica. Manadas de animales se empujaban forcejeando, escupiendo y gruñéndose unas a otras. Una pareja de buitres lo observaba todo posada sobre una rama seca y emitiendo anuncios.

—No dejen a los pequeños sin vigilancia —dijo uno de ellos siniestramente.

—Toda cría sin vigilancia será devorada —declaró el otro.

Manny, Sid y Diego se abrieron paso entre la multitud buscando a Ellie y a las zarigüeyas.

Manny iba preguntando a todos.

—¿Habéis visto un mamut?

Los animales negaban con la cabeza.

Se inclinó sobre un padre tapir.

—Eh, amigo. ¿Has visto un mamut?

—¡Pues sí! —gritó el tapir—. Grande como una montaña.

—¿Dónde? —exclamó Manny.

—Lo estoy mirando —dijo el tapir.

—¡Yo no! —gritó Manny.

—El pobre no sabe que es un mamut —dijo el tapir, y se inclinó hacia su esposa—. ¡Eh, acabo de ver otro! —gritó y alzó la mirada

—¿Dónde? ¿Dónde? —preguntó Manny.

—Lo siento. Eres tú otra vez.

Diego tiró de la trompa al pobre Manny para alejarlo de allí.

—A lo mejor ya ha subido a bordo —le dijo.

Desde el fondo del extenso valle llegó un fuerte estruendo. Todos volvieron la cabeza. El eco resonó por las paredes del valle y aumentó su volumen e intensidad. Los aterrorizados animales redoblaron sus empujones y esfuerzos por acercarse al barco.

Un pájaro secretario llamado Gustav controlaba la entrada. Detrás de él, dos grandes rinocerontes hacían de vigilantes.

—¡Animales! ¡Por favor! —gritó—. Frotaos los vientres, dad volteretas..., haced lo que tengáis que hacer para calmaros.

Una enorme bandada de pájaros sobrevoló la muchedumbre, y salieron del peligroso valle a toda velocidad.

Manny y Diego intentaron pasar ante los forzudos vigilantes de Gustav.

—Dejadnos pasar —gritó Manny—. Estamos buscando a alguien.

—Una zarigüeya —añadió Diego— de unos tres metros de alto.

Gustav les miró con sus ojos redondos y brillantes.

—No debisteis oír el anuncio de preembarque —dijo, antes de repetirlo para ellos—. «De momento, sólo embarcarán animales con pareja».

—¿PAREJA? —gritaron Sid y Diego.

El pequeño Scrat, que acababa de llegar con un montón de bellotas, se alejó de nuevo, decepcionado.

Dos hembras de denso pelaje empezaron a pelearse inmediatamente por un macho flacucho de la misma especie.

—¡Es mío! —gritó una de ellas.

—¡Yo lo vi antes! —exclamó la otra.

—¿Y si uno no tiene pareja? —dijo Sid, que miró a Gustav.

—Entonces tiene la clase turista —contestó Gustav.

—¿Cómo es la clase turista? —preguntó Diego.

—Hacer turismo mientras nosotros viajamos —explicó el pájaro.

—¿Hay alguien más con quien podamos hablar? —preguntó enfadado un cerdo hormiguero.

—Sí, la madre naturaleza llegará en cualquier momento para atender sus consultas —afirmó Gustav.

—Eh, ¿y tú qué? —dijo Manny—. No tienes pareja.

—Sí —replicó Gustav—. Pero tengo salvoconducto. La norma no se aplica a mí.

Pero mientras discutían, el glaciar del fondo del valle había empezado a agrietarse y a hincharse y a derrumbarse y ceder bajo la tremenda presión del agua que contenía. La tierra se estremeció. Los animales se agitaron, conmocionados por el pánico.

Ya situado bien alto por encima de ellos, en las heladas laderas del valle, el rechazado y pequeño Scrat introducía sus mazorcas en el hielo, una a una, para crear su propia escalera de huida.

CAPÍTULO 11

SALVAR A ELLIE

Ellie había encontrado un atajo hacia el barco y transportaba a sus hermanos hacia él cuando de pronto todos oyeron el siniestro estruendo de un corrimiento de tierra. Una roca cayó desde lo alto y aterrizó a pocos centímetros de la trompa de Ellie. Entonces más rocas comenzaron a caer, y les atraparon en una cueva. Ellie intentó hacer más grande la entrada de la cueva, pero la roca que la tapaba era demasiado pesada, y nuevas rocas se iban acumulando detrás a cada momento.

—Tenéis que iros, chicos —dijo a sus hermanos.

—¡De eso nada! ¡No nos iremos sin ti! —gritó Eddie.

—No os lo estoy pidiendo —declaró ella, y le sacó, junto a Crash, por la grieta que quedaba abierta.

—¡Ellie! ¡No! —gritaron.

Crash señaló hacia el barco cercano.

—¡Vamos a pedir ayuda!

Eddie asintió.

—¡QUÉDATE AQUÍ! —gritó Crash a Ellie.

—¿Y adónde iba a ir? —pensó ella.

¡BUM! En ese momento, todo el dique de hielo estalló. Cretáceo y Torbellino, los terribles reptiles acuáticos, fueron arrastrados en la cresta de la ola de inundación. La tumultuosa corriente comenzó a descender por el valle, barriendo todo a su paso. Las rocas, en precario equilibrio, se agitaban como canicas en el océano. Los géiseres se convirtieron en surtidores submarinos. En cuestión de segundos, todo había cambiado.

Mientras las olas rugían y recorrían la base de las montañas, Manny empujó a Gustav a un lado y anunció:

—¡En este momento subiremos a bordo todos!

—¡SÍÍÍÍÍÍÍ!

114

Cientos de animales aterrorizados se lanzaron sobre el barco. De pronto, las voces de Crash y Eddie se oyeron claramente por encima del griterío de la multitud. Manny miró a su alrededor y vio a las dos zarigüeyas, que se abrían paso hacia él.

—¡Manny! —gritó Crash, jadeando.

—¡Se trata de Ellie! —exclamó Eddie.

—¡Está atrapada en una cueva! —añadió Crash.

Inmediatamente, Manny abandonó el barco ladera abajo hacia un frágil puente de hielo que llevaba a la cueva. Manny cruzó el primero, mientras las zarigüeyas se esforzaban por alcanzarle. Pero justo cuando las zarigüeyas pisaron el puente, una ola gigantesca lo barrió y lanzó a todos al agua. Manny nadó directamente hacia la cueva, mientras Crash y Eddie se agarraban a un árbol.

Manny se volvió y vio a sus amigos en peligro.

—¡Vete! ¡Salva a nuestra hermana! —gritó Crash.

Sid vio a las zarigüeyas, que se aferraban al árbol.

—¡Yo os salvaré! —dijo.

Se lanzó desde la cubierta del barco y se golpeó la

cabeza contra un bloque de hielo, y quedó inconsciente.

—Genial, ¿quién le salvará a él? —se preguntó Crash, y usó su cola para intentar sacar a Sid del agua.

Diego miró a Sid. Miró a las zarigüeyas, que intentaban sobrevivir agarrándose al árbol. Si él no les salvaba, nadie lo haría. Reunió todo su valor de dientes de sable y se preparó para saltar.

—Vale. Salta..., ahora —se ordenó a sí mismo.

Pero nada ocurrió. Sus patas se negaban a obedecerle.

—Vamos, gatito miedoso. ¡Respira profundamente y... SALTA!

Pero seguía paralizado, listo para saltar con los ojos cerrados.

—Confía en tu instinto —se dijo Diego a sí mismo, e intentó recordar las palabras de Sid—. Ataca el agua. No soy tu presa..., no soy tu presa...

¡Y saltó!

—¡AAAAHHH!

El gran felino cayó al agua, moviendo las cuatro

patas. Las zarigüeyas vieron cómo se hundía. Sacudieron sus cabezas y temieron lo peor, cuando, de pronto, Diego reapareció en la superficie luchando por respirar.

¡No se estaba hundiendo!

«Ataca el agua. Estoy acechando a la presa. Garra, patada, garra, patada..., hasta los bebés pueden hacerlo. Vamos. Estoy acechando a la presa», se decía a sí mismo.

¡Estaba dando resultado! Diego agarró a Eddie. Pero Crash y Sid se alejaban de él, flotando. Colocó a Eddie sobre su cabeza y nadó hacia Crash y Sid. Ayudó a Crash a subirse sobre su cabeza junto a Eddie, pero Sid se estaba hundiendo ante sus propios ojos. Respiró profundamente y se sumergió tras él. Unos segundos después emergió de nuevo con las dos zarigüeyas todavía aferradas a su cabeza. Sid colgaba inerte de su boca.

Diego depositó a Sid suavemente sobre el hielo y luego se derrumbó a su lado, tosiendo y sin aliento. Sid abrió los ojos.

—Lo conseguiste, compañero. Has logrado vencer al agua.

—No tiene importancia —gruñó Diego—. La mayoría de los animales nadan cuando son bebés.

—Los tigres no. Olvidé decirte eso.

Mientras tanto, el nivel del agua en la cueva de Ellie llegaba ya casi hasta lo alto de su erguida trompa. Su cabeza golpeó contra el techo. ¡Y cada vez entraba más agua! Manny cogió un árbol y lo introdujo en la pequeña abertura por donde Crash y Eddie habían escapado. Empujó y giró el tronco, pero la roca seguía sin moverse.

Justo cuando el agua estaba a punto de alcanzar el techo de la cueva, y dejaba por competo sin aire a Ellie, ella consiguió introducir su trompa por la abertura para respirar de nuevo. Pero sus ojos se estaban saliendo de sus órbitas y sus mejillas se ponían azules. No podría aguantar la respiración mucho más.

Manny continuaba forcejeando e intentaba mover la roca con el tronco. Salió a tomar aire un momento y fue arrastrado bajo el agua por Cretáceo. ¡El malvado reptil había regresado! Sid, Diego y las zarigüeyas lo contemplaban horrorizados. No podían hacer nada.

—Manny —llamó Sid.

Manny intentó agarrarse al tronco del árbol para salir a la superficie de nuevo, pero Cretáceo lo tenía agarrado por la cola. Manny perdió el tronco y desapareció de nuevo. Torbellino se reunió con su compañero y ambos se dispusieron para un ataque bajo el agua. Se lanzaron sobre Manny, y lo mordieron y acosaron desde todos los ángulos.

¡BANG! Manny propinó una tremenda patada a la cabeza de Torbellino. El reptil quedó conmocionado por un momento, el necesario para que Manny pudiera nadar libremente. Salió a la superficie y consiguió respirar. Nadó contra la corriente e intentó mantener la cabeza fuera del agua.

Bajo el agua, Manny podía ver la cueva con el tronco todavía atascado en la entrada. Nadó hacia él, perseguido por los terribles reptiles. Justo cuando estaban a punto de lanzarse contra Manny con toda su fuerza, él se quitó de en medio haciendo que chocaran contra el árbol, abriendo la entrada. La enorme roca cayó encima de Cretáceo y Torbellino, que se hundieron hacia las profundidades.

Ellie salió flotando de la cueva, inconsciente. Manny la llevó suavemente hasta la orilla, donde Sid, Diego y las zarigüeyas le ayudaron a sacarla del agua.

—¡Ellie! —exclamaron Crash y Eddie.

—¡Estás bien!

—¡Creíamos que no volveríamos a verte!

Ellie abrió los ojos y vio la sonrisa de Manny. Se levantó y se puso en pie a su lado. El agua seguía subiendo alrededor del grupo, aislándolo en una pequeña lengua de tierra seca.

Por encima de ellos, Scrat seguía escalando las paredes del valle. Introdujo su última mazorca en el hielo. Se abrió una peligrosa grieta que recorrió todo el glaciar. La gigantesca montaña de hielo comenzó a partirse. Scrat se agarró a ambos lados mientras la fisura se iba ensanchando. El agua comenzó a pasar por debajo de él a través de la hendidura. Procuró mantener su agarre sobre el hielo, e intentó desesperadamente volver a unirlo.

¡Ay! Sus patas resbalaron, y el pequeño Scrat salió volando por los aires.

—¡Aaaaaah!

Los demás animales oyeron a Scrat mientras caía sobre el agua tumultuosa y desaparecía en la corriente.

El agua que rodeaba a la manada siguió fluyendo por la grieta del glaciar. Poco después, todo el valle quedaba seco. ¡Se habían salvado!

Un gran «¡Hurra!» surgió de la cubierta del barco de salvamento, que estaba ahora varado sobre el suelo del valle.

—¡Atención todo el mundo. Hemos llegado a nuestro destino! —declaró Gustav—. Por favor, salgan ordenadamente.

Fue aplanado como una galleta en la estampida que siguió a sus palabras.

—O hacerlo a vuestra manera —gruñó.

Sid, rodeado por los pequeños que salían del barco, se volvió hacia Diego y dijo:

—He pensado en montar una escuela de natación, «Los calamares de Sid».

Pero Sid se vio interrumpido por un griterío y, al volverse, vio a sus raptores..., ¡la tribu de miniperezosos! Gritó y se escondió detrás de Diego.

—¡Todos saludar al Dios del Fuego! —gritó una miniperezosa.

Los miniperezosos se inclinaron. Sid salió de detrás de Diego.

—Eh..., ¿hola? —dijo dubitativamente.

—Hola-hola-hola-hola-hola —repitieron los miniperezosos.

—Dios del Fuego evitar inundación. Venir con nosotros grande y noble ser llameante —dijo la miniperezosa.

Sid comenzó a acercarse a ellos, pero Diego le detuvo. No iba a permitir que su amigo se marchara sin oponer resistencia.

—Vuestra elección de dioses es muy sabia, pero su manada le necesita. Él es la viscosa y pegadiza sustancia que nos mantiene unidos. No seríamos nada sin él.

Los miniperezosos se inclinaron de nuevo y se volvieron para marcharse.

—¿Lo dices en serio? —preguntó Sid, que sonreía a Diego antes de rodearle con sus brazos.

—Eh, Sid. ¡Suéltame! Eso no significa que quiera tocarte.

Justo en ese momento se aproximaron Ellie, Manny y las zarigüeyas.

—No preguntéis —dijo Diego, que todavía intentaba librarse de Sid.

Pero el grupo no tuvo tiempo de ocuparse de Sid y Diego. De pronto, oyeron un sonido de trompetas.

CAPÍTULO 12

LA REUNIÓN

Manny miró hacia el lugar de donde procedía el sonido y abrió los ojos de par en par. ¡Una majestuosa manada de mamuts subía la colina! Ellie y Manny los contemplaron completamente asombrados. Se inclinaron el uno hacia el otro con los ojos henchidos de lágrimas. La manada formó un círculo a su alrededor.

Los mamuts saludaron con un fuerte trompeteo la buena fortuna de encontrar a dos nuevos y solitarios miembros de la especie.

—Bueno, ya no somos los últimos —dijo Ellie.

—¿Quieres ir con ellos? —preguntó Manny.

—Bueno, soy una mamut —dijo ella—. Probablemente debería estar con los mamuts, ¿no te parece?

—Sí, a no ser que... —dijo Manny dubitativamente.

—¿A no ser que qué? —preguntó Ellie.

Los mamuts volvieron a trompetear para señalar que había llegado el momento de seguir la marcha.

Manny no encontraba las palabras.

—Sólo quiero decir..., necesitaba decirte... —dijo con esfuerzo—. Espero que encuentres todo lo que estás buscando.

La cara de Ellie reflejó su decepción.

—Oh —replicó secamente—. Vale, lo mismo digo.

—Adiós, Ellie.

—Adiós.

Ellie se volvió para irse. Miró por encima de su hombro, pero Manny seguía allí, inmóvil y en silencio.

Con tristeza, ella subió las dos zarigüeyas a su espalda y se unió a la manada.

Diego y Sid se acercaron a él.

—Manny —empezó Sid—. Has cambiado mucho desde que nos conocimos, y reconozco que el mérito es mío. Pero necesitas soltar el pasado para poder tener un futuro.

—Ve tras ella —dijo Diego.

—No te preocupes. Siempre nos encontrarás cuando nos necesites.

—Nos veremos —dijo Manny, mientras comenzaba a andar lentamente hacia la manada.

—Sí, sí, sí —afirmó Diego, empujándole—. Eres un buen amigo. Ahora vete. Largo.

—Nuestro Manny está creciendo —dijo Sid, orgulloso.

Manny comenzó a caminar algo más deprisa. ¡Pronto estaba corriendo!

—¡Ellie! —gritó.

En medio de la manada, las orejas de Ellie se irguieron. ¿Había oído algo? Crash y Eddie se pusieron de puntillas sobre su espalda y alargaron el cuello para ver mejor. Ellie se volvió y se abrió paso hasta el final de la manada. No vio nada.

De pronto, Manny apareció desde lo alto, colgado por la cola de la rama de un árbol. Era tan pesado que el árbol se inclinaba hasta el suelo, a punto de romperse.

—Ellie, no quiero que estemos juntos porque tengamos que estarlo —dijo Manny—. Quiero que estemos juntos porque lo queramos así. Y yo quiero estar contigo, Ellie... ¿Qué me dices?

Ellie miró con gran ternura a Manny.

En su nerviosismo, Manny se cayó del árbol... *¡PATAPLAF!*

—Eres lo bastante zarigüeya para mí —dijo Ellie, sonriendo.

Crash y Eddie se rieron y se enjugaron el uno al otro las lágrimas de alegría.

—¡Eh, Diego! —exclamó Sid—. Ahora sólo quedamos tú y yo. Dos solteros libres y salvajes. ¡Yuju!

—Vale, pero no pienso llevarte —gruñó el gran felino—. Sigo teniendo mi orgullo.

—Por los viejos tiempos, compañero —rogó Sid.

—Yo le llevaré —anunció una voz profunda.

Era Manny. Levantó en vilo a Sid y lo colocó sobre su espalda.

—Pero si tu manada se va —dijo Diego.

—Y nosotros también —declaró Manny.

—¡Guíanos, gran rastreador! —gritó Sid a Diego.

Crash y Eddie se acomodaron felices a lomos de Ellie, y el pequeño y variopinto grupo se puso en marcha y enfiló un hermoso cañón de roca recién creado hacia el rosado atardecer.

—Eh, Manny —dijo Sid—. Mira este cañón. Las rocas son amarillas.

—Mmm, no son amarillas —respondió Manny—. Son más bien... ocres.

—¿De repente eres experto en colores? —preguntó Sid—. Son rocas amarillas, Manny. Rocas amarillas.

EPÍLOGO

Situado a gran altura sobre ellos, el pequeño Scrat sacó su cabeza de una nube blanca y algodonosa y miró a su alrededor. Un coro de dodós celestiales cantaba detrás de él, pero cuando se volvió a ver quién había allí, desaparecieron. Retrocedió lentamente y tropezó con algo. ¡Eran las puertas celestiales! Se abrieron de par en par, y el pequeño roedor entró en el cielo de los roedores.

Un gran tesoro de mazorcas de maíz se extendía ante él, bañado en una luz cálida y refulgente.

Scrat nadó entre las mazorcas en puro éxtasis. Alzó la mirada y vio la mazorca más grande que había visto en su vida..., ¡la reina de las mazorcas! Dejó caer las mazorcas pequeñas que llevaba y corrió hacia ella. Pero justo cuando estaba a punto de alcanzarla...

¡WOOOSH! ¿Qué estaba ocurriendo? Sintió que era aspirado hacia el exterior de las puertas. Se agarró a ellas e intentó desesperadamente seguir allí. Pero una a una sus pequeñas garras se fueron soltando. ¡Era inútil! Estaba siendo expulsado de nuevo hacia abajo a través del cielo.

Su espíritu se reunió con su cuerpo inerte en el suelo. ¡Sintió algo húmedo y viscoso en sus labios! ¡Agh! ¡Era ese perezoso realizando una reanimación boca a boca! Scrat tosió y, escupiendo agua, volvió a la vida.

Los ojos de Sid se iluminaron de alegría.

—Te he salvado, amiguito.

Scrat le fulminó con la mirada y se limpió de la boca las babas del perezoso.

Miró a su alrededor, y buscó desesperadamente el paraíso de los roedores. Gimió y se dejó caer al suelo al no encontrarlo.

Sid permanecía a su lado sin saber qué hacer, y

se rascaba la cabeza, mientras el pequeño roedor le amenazaba con el puño y le dirigía una mirada acusadora.

—Tranquilo, tranquilo... Te he salvado, amiguito, ¿verdad? —preguntó Sid—. Yo... ¡Ay! ¡Ay! ¡Ay!

ÍNDICE